小町はどんな女《ひと》

髙樹のぶ子

『小説小野小町 百夜』の世界

日本経済新聞出版

はじめに

小野小町はどんな女性だったのでしょう。まず美人だった、そして優れた歌人だった。

それは確かだったようですが、その実像は、百人一首の中の歌と、十二単の後姿でしか知られていない、というのが実際のところなのではないでしょうか。

前作『小説伊勢物語 業平』で、業平の生涯をたどるとき、『伊勢物語』に登場するむかし男、つまり業平の歌と、その歌を説明する詞書《ことばがき》をよすがに、人生の筋道をつくりました。

そしていま、業平とほぼ同時代に生きた小野小町の生涯を、『小説小野小町 百夜《ももよ》』として著すことができました。

美男美女の一対の歌人として、世に知られた二人です。平安前期を代表する二人は、毀誉褒貶《きよほうへん》にまみれて伝説化したことも、千年の時を越えて愛されてきたことも、共通しています。

この『小説小野小町 百夜』も、『小説伊勢物語 業平』のときと同様、今日に残された歌をたよりに、その人生を辿るしかありませんでした。

歌よりほかに、頼るものは何もなかったのです。

平安初期の女性の記録は、正式な名前はおろか、生年や没年さえ、公には記録に残されていません。天皇の娘の内親王や、ごく限られた皇統の女性のみ、歴史書に名前が記されていますが、紫式部、清少納言などの有名な女性さえ、便宜的な呼び名なのです。姉妹であっても、一宮《いちのみや》、中宮《なかのみや》、三宮《さんのみや》と、生まれた順で呼ばれていました。

名前を明確にしなかったのは、邪悪な怨霊などが名前に取り付くのを防ぐ、という呪術的な意味もあったようですが、当時の女性は、その程度の扱いだったとも言えますね。

ところが現代から見返す平安時代は、どんな印象でしょう。後世の武士の時代に較べて、まずは女性的で日本的な雅《みやび》な世として思い浮かべます。

現代の皇室の行事を見ても、平安時代を踏襲しています。

この雅さは絵巻物などに描かれた衣装や寝殿造りなどに表れていますが、それ以上に心の情報としての言の葉、つまり歌で伝えられてきたものこそ、雅の本質だったのではないでしょうか。

名前さえ正式に付けてもらえなかった女性たちですが、歌を詠むことでその存在を、そして平安という時代の色や匂いを、後の世にまで伝えることに成功しました。

いまイメージする平安時代は、名前も与えられなかった女性たちが、心の言葉で造り上げたものだと言ってもよいでしょう。

みずみずしい平安の歌を口に含み味わえば、その甘味も苦味も塩辛さも、何より涙の味も、馥郁《ふくいく》と香り蘇ります。不思議なことに、歌は一一〇〇年のあいだ、枯れ萎《しぼ》むことなく、それぞれの世の人がそれぞれの思いを注ぎ込むことで、瑞々しく新鮮なまま生きのび、当時の情感を今に伝えてくれるのです。

歌とは、心のタイムカプセル。

その代表選手が、小野小町です。

小町の残した「歌というタイムカプセル」を、丁寧にそっと開け、伸びやかに動き出した言の葉に導かれて、彼女の生涯をたどったのが『小説小野小町 百夜』です。

そして本作は、『小説小野小町 百夜』をより視覚的にわかりやすく、当時の裏事情まで理解し愉しんでいただくための、ガイドブックなのです。

この本を片手に、小町の人世《ひとのよ》の旅に同伴していただけると嬉しいです。

目次

第三章

第一章

私の中の小町

私が第九〇回芥川賞をいただいた『光抱く友よ』の最後は、故郷山口県防府市の佐波川《さばがわ》の土手に、満開の花を咲かせる桜並木が舞台でした。

この短編は、女子高校生の友情がテーマです。

最後の場面で主人公の涼子は、自分とは別世界に生きる友が、花吹雪の中を去って行くのを見送ります。

その友は、アルコール中毒の母親を自転車の荷台に乗せて、待ち構える苦難の未来に向かって進んで行くのです。涼子を振り返ることもなく、自らに課せられた人生を受け入れ、ただ黙々と神々しいまでに。

恵まれた家庭に育った涼子は、社会の暗闇の中で生きる友の姿を、ただ見送るしかありません。それはけして未来で混じり合うことのない、哀しいまでに決定的な友との別れでした。

私にとって、この場面にどうしても必要なのが、満開の桜でした。去って行く友を万感の思いで見送る涼子に、散りかかる桜の花。

そして花の下にひろがる闇。

私があの場面に桜を描いたのは、遠く一一〇〇年もの昔、小野小町が詠んだ歌が遺伝子となって、我が身に伝わっていたせいだと気づいたのは、ずいぶん後になってからでした。

花の色は移りにけりないたづらに
我が身世にふるながめせしまに

百人一首でもお馴染みの、有名な小町の歌です。

人の世の儚《はかな》さと美しさと、移ろいゆく命の哀しみ。

私に限らず、日本人の感性の底に水脈となって流れている、この「散華の美」「哀別の切なさ」を受け継ぐ人の、何と多いことでしょう。表現者だけでなく、共感者としてのこの遺伝子は、日本人の隅々にまで行き渡っています。

私もそのひとりであると気づいたとき、あらためて歌一首の生命力を、思い知ることになりました。

気づけばもう、小野小町は我が身の中に在ったのです。

観阿弥などの能楽（七小町）により、零落老残のイメージに貶《おとし》められた小町は、あまりに無残です。男たちの邪心と妬心は残酷ですね。男の思うままにならない才女に対して、男たちは天罰を与えるがごとく、物乞いや野たれ死にさせるのですから。

けれどそれは間違い。

彼女の率直で必死な言の葉が描き出す真《まこと》の姿は、芯の強い、自分に率直な女性です。哀しみを友としながらも毅然として愛を全うした人。

私の中では、大きく豊かな女性として成長して行きました。

多くのしがらみや宿世《すくせ》に翻弄されながらも、最後まで自尊心を保ち、自らの心に忠実に生きた女性の、なんと魅力的なことでしょう。

私はぐいぐい引っ張られながら、小町の人生にのめり込んで行きました。

とは言え、最初に幾つかの迷いがあったのも確かです。

まず生誕の地はどこか。

これには諸説があり、確かな史実などありません。京の都とする説も、東北の鄙《ひな》の地とする説も、いろいろあるのです。

さて何処にするか。

すると私の身内に棲み着いた小町が囁きました。

「子供のころ、あの大平山《おおひらやま》の向こうに憧れた日々のことを、思い出してください」

そうです、そうなのです、私は幼いころから、防府市の東に立ち塞がる大平山を見上げて、あの山の向こうに大阪や京都、そして東京があるのだと憧れていました。いつかあの山の向こうへ行きたいものだと。

麦畑が延々と広がる先に、大手を広げて立ち塞がる、六三一メートルの山。たった六三一メートルですが、地方の子供にとっては、それは高い高い壁でした。

そのとき、小町の生誕の地が決まりました。

今は秋田県ですが、当時は出羽《でわ》国の、都より遥か遠く離れた鄙の地、雄勝《おかち》。

もともと雄勝は、小町の生誕地として長く伝承されてきましたし、小町愛の溢れる地でもあります。

取材に訪れてみると、雪解けの時期にもかかわらず、田畑はまだ根雪に覆われていました。そして西の方を見上げると、ちょうど都の方角にある甑山《こしきやま》が、白い光りに包まれて立ち上がって見えました。

「私と同じですね小町さん。一一〇〇年昔の貴女もきっと、あの甑山を見上げて、あの山の向こうにある京の都を想像し、いつか行ってみたいと憧れたのでしょうね」

こうして私の中の小野小町は、私と伴に雄勝を離れ、長い旅に出たのです。

当時の雄勝から都までの旅は、それはそれは長く困難なものでした。

そしてようやく都まで辿り着いた小町ですが、そこからさらに、歌を伴とした人世《ひとのよ》の旅が始まるのです。

第二章では、長く困難ではありましたが、それぞれに花も涙も溜息もあった小町の人生の、忘れがたい場所、決定的な時を過ごした地について、また、平安時代の婚姻制度や暮らしについて紹介していきたいと思います。

第三章では、歌人の小島ゆかりさんとの対談で、小町の歌の本質に触れます。

第二章

小野小町の人生

母・大町との別れ
雄勝《おかちの》・多賀城《たがのき》

小町、旅立つ

雄勝は小野小町が生まれたところだという説が有力です。いくつもその跡が残されています。当時の都から見れば、鄙の中の鄙でした。現在の秋田県、湯沢の近くです。

京都の朝廷は東北まで支配を伸ばしていました。その拠点になったのは現在の仙台市に近い多賀城《たがのき》。さらに出先機関として、小野篁《おののたかむら》や小野良実《よしざね》が、雄勝城《おかちのき》を作り、東北の地を確固たるものにするために都から

小町が生まれたとされる雄勝の光景

やってきたというわけです。そこで篁と雄勝の女、大町にラブロマンスがあって、小町が生まれた、としました。

小町は小野篁の孫という説もありましたが、年代が合わず、時代考証の先生のアドバイスで、『小説小野小町 百夜』では篁の娘としました。

小町の出生には諸説あります。京都のいいところのお嬢さんだという説もあるけれど、鄙の中に生を享《う》けたというのが物語としては

京都府の葵祭で再現される「手輿」の様子

小町にふさわしいと思いました。

一つには私自身が、山口県の鄙に生まれ、東京へ出てきて、こうして小説を書いているというのも、自分の中で小町と重なるところがあったのかもしれません。

私が雄勝に取材に行ったときは早春でした。雪解けの清らかな水が流れていました。

小説にも書いていますが、都の方角には甑山も見えました。その山を小町はいつも眺めていたと思われます。山の向こうの都には素晴らしいものがたくさんあると母親の大町が語っていたからです。

小町は少女のころからずっと都に憧れをもっていました。けれど母の大町は鄙の女で、都には上がれません。父親の篁の意向で、小町一人が都へ連れて行かれるのです。

雄勝を離れ、都に行くときからずっと、終生、故郷を思う気持ちに変

★多賀城跡
〒985-0864 宮城県多賀城市市川城前
JR「国府多賀城」駅から徒歩15分。見学自由

わりはありませんでした。小町は故郷に残した母を恋い続けたのです。

小町はまだ雪が残る早春、手輿《たごし》という手で抱える輿に乗って、雄勝を離れます。途中の多賀城で母と小町は別れなければならぬ運命。

多賀城には陸奥《むつ》国府《こくふ》と鎮守府《ちんじゅふ》が置かれていました。約九〇〇メートル四方の広大な城内の中央に、政務や儀式を行う政庁がありました。平城宮跡（奈良県）、太宰府跡（福岡県）とともに日本三大史跡に数えられています。現在、城址はなく、囲いの土地に史跡のみがあります。

ここ多賀城で小町は初めて海を見ます。波の音を聞き、心を動かされます。生涯、このとき以外に海を見ていません。今の仙台湾、松島あたりでしょうか。

小町の歌にしばしば海が出てきますが、海を一度しか見ていないのに、海をくり返し歌っているのは、母親と別れる前日の夜、子供でも行ける高台から海を見て、母との別れを嘆いた経験があるからでしょう。

旅立ちの前に、母に文を残します。

「……必ずや雄勝に戻ります。母上、どうぞ夢にお立ちくださ い。これより小町は、夢こそ真《まこと》と信じ頼み、夜ごと母君に会いに参ります」

（『小説小野小町 百夜』より 以下太字同様）

小町にとって海の意味は大きいのです。これは小町が亡くなる場面につながっていきます。

早春に難所である峠を小町は越えました。出羽国と陸奥国の国境です。現在、秋田県と山形県に渡っていますが、出羽国の北辺は蝦夷との接壌地帯でした。陸奥国も蝦夷と接していました。山の峰々が立ち塞ぎ、連なっています。雄勝から多賀城に行くには、この難所を越えなければいけません。

このとき、小町は高麗笛《こまぶえ》を吹きます。小さな笛です。幼い鳥のさえずりのような音です。この高麗笛は小説の中ではとても重要な意味をもっています。

高麗笛は、高麗の笛で、竹でできていました。そこには「鶯鶯《おうおう》」という文字が彫られていました。小町の父・篁と母・大町は一夜限りの関係で、この笛は篁の大町への思いとして残したものでした。契りの徴《しるし》です。中国の哀しくて美しい恋物語『鶯鶯伝』。その笛を小町は、身につけて故郷を離れました。

当時、高麗笛のほかにも横笛がありました。横笛は高麗笛より少し低音で、七つの穴があります。高麗笛の穴は六つで小さな笛ですから、横笛より高い音が出ます。

峠を越えるときに、小町が笛で、こまどりの鳴き声を上手に真似できたのは高麗笛だからです。

平安時代、大人の女は笛を吹かない、吹いてはいけないとされました。小町が都の篁邸で笛を吹いたとき

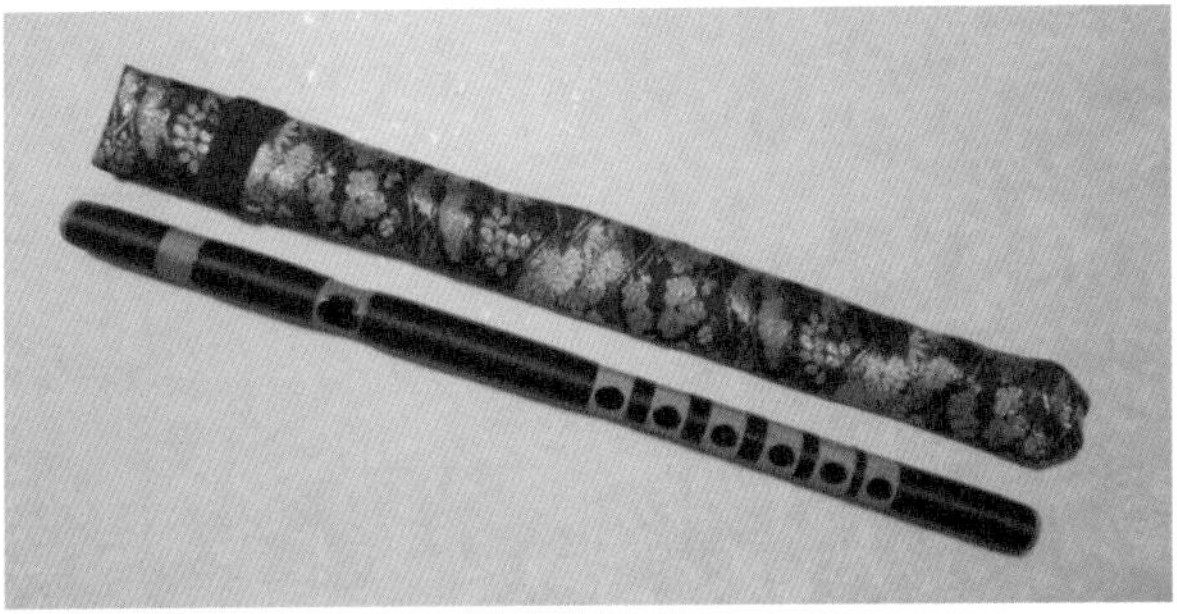

朝鮮半島から伝来した高麗笛。写真は現代のもの

に篁から厳しく、

「女人《にょにん》が笛など吹くものではない。この邸の中にては赦《ゆる》されない。取り上げる。母上にもそう教えられたはず」

と言われ、高麗笛を篁から取り上げられます。小町は童ではなく、女になったのだから吹いてはならないと。

小町にとってこの高麗笛は、人生の最後まで大きい意味をもちました。

父親との融和と理解の場
六道珍皇寺《ちんのうじ》

父・篁の秘密

小説では六道珍皇寺ではなく、東山六道の辻あたりにある寺として登場します。

篁は自分の出世のために、小町一人を都に連れて行きました。平安時代は、美しい娘がいると内裏に入れて名誉を得たいと思うのが一般的でした。娘が美しくて才能があれば、親は期待してしまうので、そういう父親に対して小町は、苛立ち、「私を利用しないで」という気持ちがあったでしょう。父親に反発し、その感情は激しかった。そういう小町の扱いに篁は困っていました。

小町は父親を理解できなかった。六道珍皇寺は、それを融和したところです。なぜ、父が東山の珍皇寺に通っているのか、その理由を小町は知ることになったからです。

篁が夜な夜な冥界に行き、閻魔《えんま》様に会っているという噂が流れていました。冥界に降りて行くという篁のおどろおどろしさ、気味悪さ。

小町は篁が通っているのが六道の辻あたりの寺だと聞き、父親と一緒にそこに行きたいと女御に願い出て、伴をすることを許されます。

篁は小町に、自分の真の姿を見せました。

「……小町よ、今宵そなたを伴うたのは、この門の内にての我が姿を、正しく弁《わきま》えられるのはそなた一人と思う故……この門より出でしのちは、けして他言無きように」

六道珍皇寺は、あの世とこの世をつなぐ、つまり冥界と現世をつなぐ場所。地理的に言っても、死者を火葬する場所に近い寺でした。

小町は篁を、母・大町を捨てて都に戻った冷たい人だと思って恨んでいましたが、女人への愛や情をもった人だと知ります。初めて父親というものに触れたと実感します。そして小町自ら《みずか》も省みます。篁と小町が融和と和解をした寺です。小町の心が解き放たれ、母・大町への思いも深まりました。

大椿山　六道珍皇寺
〒605-0811
京都府京都市東山区大和大路通四条下ル4丁目小松町595
JR京都駅より市バス206番「清水道」下車　徒歩5分

篁という男は、当時の都人にとっても、人並み超えた能力を備えていた人という認識があったのではないでしょうか。

当時、六道の辻と言えば、辻の向こうに、煙が立っていた場所。火葬の煙です。この世とあの世の境目ということになります。冥界に続くと想像させる雰囲気があるところです。

篁が冥界に降りて行った井戸は、現在もあります。一度覗き込んでみてはいかがでしょう。篁の秘密が見えるかもしれ

六道珍皇寺に今も残る「小野篁 冥途通いの井戸」

ません。

小町と篁は珍皇寺の帰りに鴨川で車を停めて、鴨川の水を飲みます。

当時の鴨川は死体を流していたので、清い水ではありませんでした。穢れていました。そういう鴨川の水を篁と小町が共に飲むということで、あの世とこの世が分け隔てなくつながる。同じ水を体に入れることで、小町は父親と濃くつながった気がしたのではないかと思います。二人が同じ水を飲んだことに意味がある場面です。

六道珍皇寺とは

さて六道珍皇寺は、「六道さん」の名で親しまれています。お盆の精霊迎えの八月七日から十日までに参詣するという名高い寺です。やはりあの世と今生をつなぐ何かがありそうですね。山号は大椿山《たいちんざん》で、臨済宗建仁寺派に属します。平安前期の開創で、古くは愛宕寺《おたぎでら》とも言われていました。

建立には空海説、小野篁説、この地の豪族の山代淡海らが国家鎮護の道場として建てたという説など諸説あります。

本堂には薬師三尊像が安置され、境内には閻魔堂（篁堂）、薬師堂（重文本尊　薬師如来）、お迎え鐘の鐘楼があり、本堂の裏庭には「小野篁冥途通いの井戸」「黄泉がえりの井戸」が今も残っています。

小町の能力

神泉苑

神に祈るところ

平安京大内裏の南東に造られた苑池で、現在は国指定の史跡、寺院となっています。

神泉苑は七九四（延暦十三）年、桓武天皇により禁苑として造営されました。

南北四町、東西二町の八町を占めたという大規模な苑池でした。大池や泉、小川、小山、森林などの自然を取り込んだ広い庭園が造られ、敷地の北部には乾臨閣を主殿とし、右閣、左閣、西釣台、東釣台、滝殿、後殿などを伴う宏壮な宮殿がありました。小川河口の西側の池の北岸に、長さ約四メートルの厚い板材が設置されたのは、船着き場の足場板と見られています。

平安時代初頭頃には、苑池での管弦の宴などに用いられた竜頭鷁首《りゅうとうげきしゅ》の舟などが着き、貴族たちが南庭へ下りたと想像されます。

平安時代、桓武天皇の行幸以来、歴代天皇は神泉苑で宴遊しています。嵯峨天皇は四十三回も行幸された記録が残り、八一二(弘仁三)年には神泉苑で「花宴の節」を初めて行い、桜の花見と詩宴を催しました。以後、釣りや、放隼(隼狩《はやぶさ》り)、詩会、観魚、避暑などの宴遊や重陽節会などの節句行事など盛んに行われてきました。

神泉苑で弘法大師空海が雨乞いをしたという記録が残っています。八二四(天長元)年、日本中が日照りの際には、淳和《じゅんな》天皇の勅命により、空海は神泉苑の池畔で祈り、北インドの無熱池《むねっち》の善女龍王を呼び寄せたと言い伝えられています。

日本国中に雨が降って、人々は喜びました。その後、神泉苑の池には

★神泉苑
〒604-8306 京都府京都市中京区御池通神泉苑町東入る門前町167
JR「二条」駅、阪急「四条大宮」駅より徒歩10分
※現存するのは、平安当時の一部のみ

真言宗の開祖、空海は神泉苑で雨乞いをしたという

善女龍王が住んでいると言われています。

空海による雨乞い以後、神泉苑は多くの名僧が祈雨修法を行うようになったようです。

平安時代は天災が多く、干ばつや洪水で作物が実らず、田畑がつぶれていました。たくさんの天変地異の影響があった時代で、庶民は苦しんでいました。まるで今と一緒です。台風や線状降水帯の影響で洪水の被害や土砂崩れの被害が起きています。また大地震もありました。今も昔も切実です。

日照りで水が足りなくなると、都人に水を届けるために、堰を開けて流したり、水を汲むことを許可したという記録もあります。その溜池で、船を浮かべて管弦が行われたこともあるのです。いかに大きな池だったかがわかります。

神泉苑は、雨乞いの祈りをした場所ですから、神に近い場所であったと思われます。小説の中の小町は、仁明天皇の命でこの役目を受けています。歌と言の葉の力で雨を降らせたという伝説が残っています。つまり、言の葉が神に通じる力をもっていた。それによって、小町は神聖化されたのだと思います。

水をコントロールするということは、権力で民をコントロールすることを意味します。水は権力の象徴であり、コントロールできないと民百姓が苦しむことになるのです。

小町の気の強さ

小町のここで詠まれた歌は、いかにも小町的で、やわやわとしたお願いごとではなくて、天に向かって啖呵《たんか》を切るような歌を詠んでいます。

ちはやふる神も見まさば立ちさはぎ
天の戸川の樋口開けたまへ

神よ、この日照りをご覧になったのでしたら、急いで天の川の門を開けてください、という歌です。「ちはやふる」は神に続く枕詞、神に命令したようにも受け取れます。

もう一つ歌を詠んでいます。

ことわりや日《ひ》の本《もと》ならば照りもせめ　さりとてはまたあめが下とは

「日の本」は日本のことです。同時に「あめが下」とも言います。つまり、「あめが」というのは天《あめ》と雨《あめ》をかけています。これは両方の意味で、掛詞になっています。

日の本の国という名ですから、日の照るのもやむを得ません。とは言っても、この国はまた、天が下とも言います。天の下で治められるのが、まさしくこの国です。天《あめ》も雨も、言の葉の裏表にあります。ならばこそ、わたしの言の葉を受けとめて、天よ、雨を降らせてください。「雨降らせなさいよ」という風に啖呵を切ったのです。天に文句を言っているような、思いが吹き出したようなところがあります。

小町の中ではすごく面白い歌ですね。神と渡り合っている歌で、小町の気の強さ、芯の強さがよく表れていると思います。神に向かって対等に文句を言っているのですから。まさに小町の本心が出ていると思います。それに折れてでしょうか、神様は雨を降らせました。

気位の高さは小町の根底に流れているものです。

雨を降らせたことによって、都の人たちに小町の力が認められ、感謝されました。小町が社会的に認知され、アイドル化した場所でもあります。

『小説小野小町 百夜』の最後のほうで小町が都を去って行くとき、都のみんなが見送って別れを惜しんだのも、この神泉苑での雨乞いがあったからではないでしょうか。

恋の鬱屈が爆発

別のところで詳しく書きますが、雨乞いの前に、小町は良岑宗貞との「月」と「雲」の一夜の交わりがありました。お互いの名は伏せて会った切ない恋。

なぜ私の恋は叶わないの、という必死の思いが、言の葉になって吹き出したと思います。つらい思いが風船のように、破裂寸前までパンパンに膨れ上がるけれど、それでも抑えなければならない。

雨乞いのときに、小町を強い思いにさせたのも、それまでに叶わぬ恋の鬱屈があったからではないでしょうか。

小町は神がかって気を失ってしまいます。思いが最高潮に達して、気を失ってしまいました。


小町の胸には、いつになく強い思いが渦巻いておりました。

神はなにゆえ、このように雨を止めて民を苦しめ、はたまた恋しき宗貞殿をここに来させて、我にあらたなる愁いを覚えさせるのか。

ちはやふる神の、このようなふるまい。

なにゆえ、なにゆえ。

その思いが猛《たけ》り震え、小町の身は、崩れ落ちました。

僧侶なら宗教的な祈りがあるのかもしれないけれど、小町は叶わぬ恋の思いがエネルギー。そこから飛び出した言の葉が力をもったのかもしれません。

このときの小町の年齢は限定できませんが、まさに女ざかりだったと思われます。

八六三（貞観五）年に疫病が流行りました。その原因とされた御霊を鎮めるため、神泉苑で御霊会《ごりょうえ》が行われ、朝廷が監修しました。経典の演述や、雅楽の演奏、稚児の舞、雑技などが催されました。当時、天皇や貴族しか入れなかった神泉苑も、その際は東西南北の四門が解放され、民衆が出入りし、盛大に修されました。天皇も稚児舞をご覧になりました。

貞観の大地震や、富士山噴火など災いが起きる中、八六九（貞観十一）年に、全国の国の数である六十六本の鉾を立てて、祇園社（八坂神社）から神泉苑に御輿を送り、厄払いをしました。

後世には、これが町衆の祭典として、鉾に車を付け、飾りを施して京の都を練り歩く、祇園祭へとなったとされています。

雲林院《うんりんいん》 愛の真実を知る場所

雲林院とは

雲林院は小説の中で二度、登場します。

京都市北区紫野《むらさきの》にある臨済宗の寺院です。臨済宗大徳寺派大本山大徳寺の門外塔頭《たっちゅう》で、かつて天台宗の大寺院として知られ、平安時代の史跡でもあります。

その歴史をたどってみますと、淳和天皇の離宮、紫野院として造成されました。

紫野一帯は野の広がる狩猟地です。また桜の名所でもありました。文人、歌人を交えて行幸をしたという場所です。

その後、仁明天皇の離宮となり、やがて皇子常康親王に譲られます。八六九（貞観十一）年、常康親王が出家後、僧正遍昭《そうじょうへんじょう》に託して、官寺「雲林院」となりました。

その後、鎌倉時代までは天台宗の官寺として栄えます。菩提講、桜花、紅葉で有名な寺です。菩提講は、『今昔物語集』、『大鏡』にも登場します。桜と紅葉の名所として『古今集』などにも詠まれています。在原業平が『伊勢物語』の筋を夢で語る謡曲『雲林院』の題材にもなりました。

鎌倉時代に入って衰退しますが、一三二四（正中元）年に雲林院の敷地内に建立された大徳寺の子院となります。

大徳寺の塔頭真珠庵には「紫式部産湯の井戸」がありました。紫式部はこの周辺で生まれ育ったと言われています。紫式部の名も、雲林院の建つ紫野に由来すると考えられます。

それ以後は禅寺となりましたが、応仁の乱（一四六七〜一四七七年）の兵火により廃絶しています。

現在の雲林院は、一七〇七（宝永四）年に再建されたものです。紫野雲林院町一帯は、平安時代は広大な境内を誇る雲林院の敷地だったようです。

今は境内に本堂はなく、堂宇《どうう》として再建された観音堂が残っています。ここには、十一面千手観音菩薩像、大徳寺開山大燈国師像が安置されています。

雲林院
〒603-8214 京都府京都市北区紫野雲林院町23
1707年に再建されたもの

室町時代にできた『源氏物語』の注釈書『河海抄《かかいしょう》』には、紫式部の墓所は雲林院内白毫院《びゃくごういん》の南と記され、現在も紫式部のお墓が雲林院近くにあるようですが、生涯を通じて雲林院に親しんでいた様子がうかがえます。

小町の父、篁の墓地も近くにあります。『枕草子』で知られる清少納言は、賀茂祭（葵祭）の翌日に斎王が斎院に帰るのを雲林院や知足院（現在の常徳寺）前で見物したのだと言われています。

小町、遍昭、紫式部、清少納言など思い浮かべながら、満開の桜、散る桜、また燃えるような赤い紅葉というように、季節と文学を楽しみながら訪れたい場所です。

月と雲の一夜

平安時代は現在の雲林院がある場所と少し違い、広大な土地でした。小町にとっては二つの大きな出来事があったところです。「月」と「雲」の思い出の場所です。

小説の中では両方とも秋の設定にしました。

雲林院は春の桜も秋の紅葉も素晴らしいのですが、物語では紅葉の季節が合うと思いました。小町の心境が、これから匂やかな芽が出る春ではないからです。秋の哀しみと切なさと、この先は暗く厳しい冬が待っているという恋の現実がありました。

雲林院を訪れた最初は、一夜かぎりの共寝です。たとえ一夜かぎりでも、それがあったからこそ生涯が支えられました。小町の中にずっと強くあった愛の思い出です。

小町は二つの歌を良岑宗貞に詠みます。

かぎりなきおもひのままに夜も来む
　夢路をさへに人はとがめじ

限りなく恋しさがつのります。せめて夜の夢であなたの所へ通いたく思います。夢の中の通い路であれば、人も咎《とが》めたりしないでしょう。

二つ目。

夢路には足もやすめず通へども
　現《うつつ》に一目見しごとはあらず

先の歌にて、夢路を通いたく、と詠みましたが、足しげく通えども、実《まこと》のお姿にお逢いする喜びとはくらべようもございませぬ。

夢ではなく、実《じか》にお逢いしとうございます。

さらにこのように、末の一文を加えたのでございます。

やむなきこと……やむなきことではございますが、忍び敢《あ》えず、涙を塞《せ》き敢えず。

月は雲に隠れやすらぎます、我を隠す雲はいずこにございますのか。

心尽くしの月より

宗貞は、自らを月とした小町の思いに応えます。しかし小町は帝の思い人《びと》でもあるのです。

我は雲。そなたは月。
雲と月なれば、一夜、密かに逢うて離れても、咎める人なし。
いかがか。

その一夜の出来事が雲林院でした。月と雲は永遠に地球の周りにある。そしていつまでも消えないで残っているということも二人にとっては永遠の愛の記憶となりました。

愛する思いと訣別

小町は一夜の思いを抱えてきただけに、最晩年、この思いと別れなければ、故郷の雄勝に帰って死ねない気持ちがあったと私は想像します。だから小町は最後に雲林院にお別れに行きます。

雲林院を訪ね、遍昭（宗貞）の息子である素性《そせい》法師の迎えを受けるときも、これから小町は死出の旅に立つ覚悟ですから、秋がふさわしいのです。

雲林院にて最後に、小町は素性法師から紅葉を一枚、扇に乗せてもらいます。これは小町と遍昭が別れるときに、小町が桜の花びらを扇に乗せて遍昭に渡しました、そのお返しとして紅葉をもらったのです。

小町の思いが、真っ赤な紅葉一枚に込められている美しさとして表現したかった。私はこの場面を美しく、はかなく、心に刺さるほどの赤にしたかった。だから秋にしなければ落ち着きませんでした。

雲林院は格調が高いところです。内裏や大内裏という朝廷がある場所から離れている紫野にある寺で、庵《いおり》がありました。文人たちはそういう離宮と呼ばれるところを必要としていました。権力の場所は朝廷に、つまり大内裏にあるけれど、権力から離れて、四季折々の美を感じたかったのでしょう。とりわけ歌人たちは、権力からの流離の場所を求めたし、必要だったのです。

貴人たちは離宮をもっていました。『小説伊勢物語 業平』に私が在原業平のことを書いたときも、惟喬《これたか》親王の水無瀬《みなせ》の離宮というところで、数々の桜の歌が詠まれています。宮廷の中では四季を感じると言ってもそうそうありません。立派な庭園があっても作られた美です。離宮に行くと自然を感じることができます。離宮は平安時代の一つの形でした。雲林院での別れぎわ、素性法師は小町に、父からの思い出のものを渡します。それは今は亡き恋しい人の歌でした。

形あるものは壊れて消えてしまうけれど、歌はずっと残ります。

人恋ふる心ばかりはそれながら
われはわれにもあらぬなりけり

恋する心というもの、我は良く良く知りおります。良く良く知りおりますが、確かにそうではありますが……それなのに、我をうしない、思い惑い、いかにすれば良いのか術もなく、このように我と我が身を見失いおります。すべてはこの恋ゆえの惑い悶え。

やっとこの歌を『後撰集』の詠み人知らずの中に見つけたとき、遍昭の胸の裡が私の中に溢れました。

小町は遍昭から新たな愛のかたまりをもらい、私もまた遍昭の真実の気持ちを受け取りました。

詠み人知らずのこの歌は、今や私の中では遍昭の熱い溜息そのものになっています。

桜を扇に乗せて思いを伝える

仁明帝 深草陵《ふかくさのみささぎ》

小町の人生観

前編の最後のところで、たまたま仁明帝のお墓に来ていた遍昭と小町は、歌を交わしました。遍昭は表に現れてはいないけれど、老人が出てきて代弁しています。紫野の雲林院で月と雲になった一夜にも登場する老人です。

仁明帝陵は深草陵と呼ばれています。仁明天皇のお墓で、今も京都市伏見区深草東伊達町にあります。

小町は仁明帝のお召を受け更衣の立場になりましたが、帝の崩御後は、父・篁邸に戻っています。

仁明帝の葬儀の夜から行方がわからなかった良岑宗貞は、出家して遍昭と名前を変え、喪に服し、行脚を続けていました。

小町は遍昭の代理である老人から、「昔の思いをここに」と添えられた文をもらいます。

花の色は霞《かすみ》にこめて見せずとも
香《か》をだに盗め春の山風

花の色は霞に隠れて見せてはもらえませぬ。お姿は見えなくても山風よ、せめて香だけでも盗み届けてもらえないであろうか。

小町はここであの有名な歌を詠み、遍昭に返すのです。

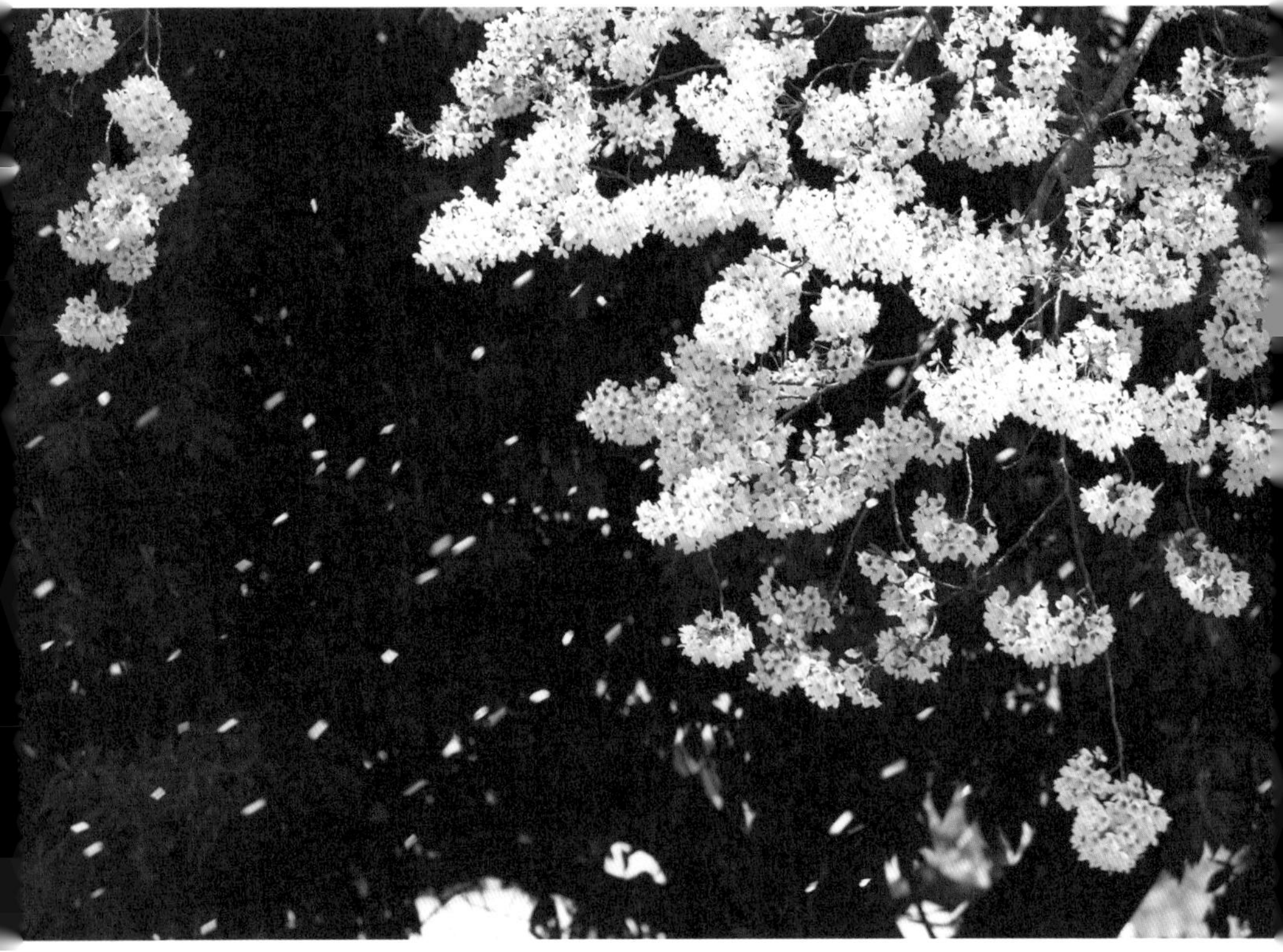

花の色は移りにけりないたづらに
　我が身世にふるながめせしまに

花の色は、盛りのときは色濃くありますが、時経れば褪せて、このように薄く淡く移ろうのが定めでございます。我が身もまた、いたずらに長くこの世に生き長らえて、色褪せてしまいました。

容姿が衰えて、自分の色が失せていくのを嘆いていますが、散ることを哀しいとは思わなくなる、恐れなくなるということを示してもいます。この歌は小町の意識と人柄を端的に表していると言えるでしょう。

また、これは日本人の美意識でもあります。桜の花の満開より散る美しさに惹かれる。そういう日本の美、滅びの美がここに示されているからこそ、この歌が生き残り、愛され、小町の代表作となったのです。

弱い心をもった小町

仁明帝が亡くなった後、仁明帝の女御であった縄子と小町は庭を眺めながら人生観を語ります。新たな世になり、三度目の春がきて、この歌を詠みました。

**色みえでうつろふものは世の中の
人の心の花にぞありける**

はっきりとは色に顕《あらわ》れないまま、移り変わり、衰えてゆくものは、世の人々の心、心の花なのですね、小町は歌で呟くのです。

「……そなたの歌は、花を詠みながら花無き景《けい》を思わせます。

（中略）花の人でありながら、花を哀しみ、薄墨で覆う人……」

ここで小町の人生観がはっきりと示されます。花は移ろうということの宿命からは逃れられない。人の心を映しているようで。惜しげもなく散っていきます。散った花は戻りません。花の盛りを楽しまずに、散ってしまう哀しみばかりを思ってしまうのです。

小町は、自分は弱い心だから散ることへ身構えてしまうのだと呟きます。

今、どんなに美しく咲きほこっても、やがて散るもの。すべて無き世界になるのが生きているということだとわかっています。

これは小町の死生観。やがて死んで自分は亡くなっていくことを思うときに、ようやく安心して心が落ちつく。

この告白で、小町の根本にある静かな諦念がわかります。けれど心のどこかで、自分の言葉は生き続けるとの思いもあるはずです。ここはとても重要な小町の人生観です。

小町にかぎらず、日本人の美意識であり、人生観でもありますね。権力の歴史だけではなく、散りゆくものの美しさ哀しさ。つまり「哀《あわ》れ」というのは、ここから出てくるのです。後々、西行や芭蕉が受け継いでいき、今日まで続いているのです。

遍昭の美意識

仁明帝の御陵で、この歌を書いた紙を老人に渡し、雲の方、つまり遍昭殿にと言い添えました。

老人は畏《かしこ》まり受け取ります。

立ち去り際に、膝を寄せて申されました。

「花は盛りより、褪せた色こそ趣き深うございます。……我が主も同じ思いでございましょう……いえ、さらに美しいのは、散る花でございます……散ればこその桜花……」

この「我が主」はもちろん遍昭のことですが、遍昭が伝えたかったことを、老人が代弁します。

「……散る花も、来春はふたたび色濃く咲きます……咲いていただきとうございます……雲は遠くの空より、眺めておりますとのこと……」

あなたの花は散ってもまた末永く咲くでしょうと。

見送りの中に、遍昭が立っていました。小町の一足一足を見つめています。小町はその目を愛しく強く感じます。

小町は花のひとひらを扇に受けて、それを雲のお方へと、差し出しました。

花ひとひらは風に乗り、そのお方に向かって流れて行きました。

美しく切ない別れの場面です。

この場面は後半、雲林院で紅葉を返す場面につながります。

遍昭の美意識を表している歌はここにはありません。遍昭の歌は戯《ざ》れ歌《うた》と最後の汚れた僧の衣に託した直情的な思いです。

でも宮廷の地位などかなぐり捨てて出家し、旅の僧として歌を詠みながら、生きて行きます。

宮廷の中には自然の美がない。自然の美に触れたい。そこに哀しみと美を感得する人だったのだと思います。だからこそ天皇から雲林院を任せられたのではないでしょうか。

竹林と愛の悲劇
欣浄寺《ごんじょうじ》

欣浄寺のこと

欣浄寺は竹林の家として小説に登場します。昔、竹林寺とも言い、古くからある寺のようです。ここで小町の人生にトラウマとして残る事件が起きるのです。

清涼山《せいりょうざん》と号する曹洞宗の寺院で、山号の清涼山は深草少将の院号、つまり法名の清涼院殿蓮光浄輝大居士《せいりょういんでんれんこうじょうきだいこじ》に由来しているとか。

その後、仁明天皇の蔵人頭《くろうどのとう》の良岑宗貞（僧正遍昭）が帝の崩御にあい、

菩提のために念仏堂を建て、帝の御念持仏の阿弥陀如来像と御尊牌を奉安して、念仏浄業にふけったと言われています。

一二二七（安貞元）年、宋国から帰ってきた曹洞宗（大本山永平寺）の宗祖の道元禅師は、宇治興聖寺に移るまで約二年間、ここで閑居したそうで、当時は竹林山安養院と言っていました。

道元自身が作った石像は、現在も欣浄寺に遺され、境内には天照卍《てんしょうまん》瑞《ずい》和尚が再建した道元作の詩牌もあります。

「生あるものはいつか死を迎える。ちょうど行く雲のようである。生死については今までいろいろと考えてきたが、それらはすべて夢の中を歩いていたようなものであった。生死とは何か、今その真髄を得た。ときあたかもこの深草の閑居の夜、外は雨声しきりである」

という内容が漢詩で記されています。

初めは真言宗でしたが、後に曹洞宗となり、天正・文禄（一五七三～九二年）のころ、浄土宗に改められ、江戸時代末期、文化年間（一八〇四～一八年）に再び曹洞宗に改宗して、現在に至っています。

本尊は毘盧舎那仏《びるしゃなぶつ》。「伏見の大仏」として親しまれています。阿弥陀

欣浄寺にある「伏見の大仏」
✿欣浄寺
〒612-0083
京都府京都市伏見区西桝屋町1038

如来像は寺宝として、内陣に祀られ、道元禅師石像などが安置されています。本堂は老朽化のため、一九七四（昭和四十九）年に再建されました。

　寺地は、深草少将の邸宅跡と言われ、少将はここから山科の小町のもとに百夜通ったと伝えられていますが、私の『小説小野小町　百夜』では違います。深草少将と小町は、年代的に差があるからです。

　たぶんそれでも、小町と深い縁の寺に違いありません。

　池の東の裏道は「竹の下道」と言われ、少将の通い道とも呼ばれ、少将が百夜通った道として伝えられ、訴訟のある者はこの道を通ると願いが叶わないと言われています。

　欣浄寺がある地名「墨染」は現在、駅名になっていますが、墨染は、藤原基経《ふじわらのもとつね》が八九一（寛平三）年に亡くなったときに、歌人の上野岑雄《かんつけのみねお》が歌ったところ桜も心打たれて、喪服と同じ墨染色に咲いたと言われていたことにちなんで、墨染の地名がつけられたと伝えられています。

境内は平安時代の初めに桓武天皇から深草少将義宣《よしのぶ》が邸地としてもらったもので、八町四面の広さだったと伝えられています。深草少将は八一三年に亡くなり、この地に埋葬されたそうで、やはり小町の恋の相手には、年代的に無理がありそうですね。

深草少将とは何者か

欣浄寺の周辺は、一一〇〇年前は竹林に囲まれていたと思われます。ここに深草少将が住んでいて、今の随心院のあるところに小町に会うために通ってきたと伝説化されています、二人は年代的に無理があることは書きましたが、確かに通うには可能な場所です。

欣浄寺は竹の豊かな場所でした。祈りの場所でもあります。

この地は古より竹多く生えてございます。大地震《おおない》起きましても、地は割れず、水も保たれますゆえ、念仏堂を永遠に護ることも叶います。

外には、青竹が涼しげに揺れております。

漫《すずろ》に懐かしく、また寂しく、哀れな心地いたします。

竹林のそよぎにあわせて、竹の葉が舞うように流れ来て、またどこか竹の林の奥へと消えて参ります。

今と同じように平安時代も地震が多く起きています。竹は地に根を張るので、地面にひび割れを起こしません。家が守られるので、竹の根はとても貴重でした。今では竹は建物の下に根が潜り込むため、庭や敷地に植えるのを避けられていますが、当時は建材にも使用し、重宝していました。

竹はまっすぐに伸びて美しい。雪が積もっても枝が折れないしなやかさがある。竹の葉が風になびく細かな竹林の音や竹のしなる音が、精神的に落ち着かせてくれます。

その反面、恐ろしくもあったのです。平安の風は、今のような吹き下ろすビル風と違って、竹をしならせる音を伴っていた気がします。竹林が風になびく音はとても日本的です。

竹は歌にも詠まれています。節は一代一代の世をあらわし、その節がつながることは、永代、御代がつながっていくという意味でもありました。

当時、竹への信仰があったのでしょう。『竹取物語』のかぐや姫も、花からではなく、竹の中から生まれることに意味があったようです。月から降りてきて、竹の節の中に入って見つかったというのも、竹の存在価値が高かったからだと思います。

『小説伊勢物語 業平』のときにも書きましたが、伊勢の斎宮《さいくう》がお住まいになるところも竹宮《たけのみや》で、竹に囲まれたところです。竹が伸びていくと天に届くような神的なパワーを感じたのではないかと思います。

竹はしなるし、跳ね返す。折れない強さは、日本の美に合うので、大事にされました。

高麗笛も竹でできていました。横笛も竹です。笙《しょう》や篳篥《ひちりき》の楽器の漢字に竹冠がついているとおり、素材は竹です（篳篥のリード部分は葦）。竹には大小いろいろあります。竹のしなる竹林の音と笛の音はとても合うのです。

百夜通いの場所

「竹の影」の章には、竹の描写がたくさん出てきます。

竹林山と呼ばれてはおりますが、高い山の意ではなく、むしろ低地に水が流れ、水の傍《かたわ》らには竹が生え、水に映る竹の影も美しく、念仏堂に連なる建物もまた影こそが美しいと聞きます。

桓武天皇より深草少将義宣邸としてもらった広大な土地です。もちろん小町が生まれる前のことです。

百夜通いの男は、雪深い中を一歩一歩踏み分けて必死で通いました。会えなくても仕方ないと思いながら通い、文を届け続けます。踏み分け道になっていて、雪道を通ってくるのは大変だった、それでも通ったのです。

百夜通う場所は、今の随心院より遥か昔の建物です。その昔、この場所は小野氏の預かり人が管理していました。

通い婚の当時、男は何人もの女のところに通うことが許されていました。けれど一人の女性のところに百夜通うのは、よほどの執着です。

ここは伏見の深草陵と呼ばれている仁明帝の御陵にも近い場所です。

権力闘争からの悲劇

この百夜通いの男が誰であるかは措《お》いておきましょう。『小説小野小町百夜』の唯一の謎ですから。

その謎解きのかわりに、小町の身にも影響をおよぼす、平安初期の政変をお伝えします。私はその政変の裏面史の舞台として、欣浄寺のあるあたりに「竹の家」を設定しました。

政変は「伊予親王の変」と呼ばれています。八〇七年、桓武天皇の第三皇子である伊予親王は、父の深い愛を受けていましたが、謀反をたくらんでいると密告され、疑いをかけられました。南家出身の母・藤原吉子ともども罪に問われ、川原寺に幽閉されて母子は自死に追い込まれました。

同じころ、「薬子の変」と呼ばれている、皇位継承をめぐる抗争もありました。

平安時代はしばしば、こうした権力闘争が起きたのです。

表側の歴史に対して、この欣浄寺あたりの「竹の家」にて、歴史に残されることのない悲劇がありました。誰にも知られることなく消えた恋。その内実についてはここに書きません。

ただ、竹は真直ぐで美しいだけでなく、漆黒の闇を抱え、夜ともなれば風にざわめき、恐ろしい呻き声も聞こえてくるのが竹林。

欣浄寺の陽が当たらない場所は、本当に日陰の悲しさを感じる場所でもあります。

小町は惨めに年老いたのか

観阿弥の能の小町

後々の小町の話として、のざらしになって、髑髏《しゃれこうべ》になり、その骸骨の目から千萱《ちがや》が吹き出し、「痛い、痛い」と言っているのを、遍昭が念仏を唱えて往生させるという話があります。しかし、それは遍昭ではなくて在原業平だったとか、時代も一〇〇年、二〇〇年前後していたり、伝えられている話がいろいろとあるのです。

小町が遺したものは歌十八首しかないのに、さまざまな伝説があり、なぜこんなにも有名になったのか、盛りあがって広まったのか、と疑問をもってしまいます。現在に至っても、小野小町の名前を知らない人がいないぐらいに浸透しているのですから。

通りの名前やお米など小町が数多く使われていますね。

小町伝説は、絶世の美女が最後には零落し、みじめな老女になったとされます。美女零落というパターンです。容姿端麗、歌の才能が抜群で幸せに生ききました、とはなりませんでした。

みすぼらしくなったのは、観阿弥の「通小町《かよいこまち》」とその後続く「卒塔婆小町《そとばこまち》」という二つの能楽の存在が大きいと言えます。

通小町の内容は次のとおりです。

京都・八瀬の山里で一夏の修行をする僧のもとに、木の実や薪を毎日届ける女がいました。美女で才媛の小野小町の化身だとほのめかして姿を消します。

その僧が小町を弔っていると、亡霊が現れて、僧の受戒を望みます。そこに近づく男の影がありました。それは小町に想いを寄せた深草少将の怨霊でした。執心に囚われた少将は、小町から離れないように小町の着物の袂にすがり、受戒を妨げようとします。

僧は二人が小町と少将であるならば、少将が小町のもとに百夜通いしたときのことを再現してみせてほしいと願います。

少将からの求愛に、小町は、百夜通ってくると受け入れると言います。

「卒都婆小町」能の様子。
写真は2002年、東京都港区南青山の銕仙会で演じられたもの

少将は雨の日も雪の日も、夜に歩いて小町の元へ通いました。九十九夜が過ぎ、百夜目、満願成就の直前、まさに契りの盃を交わすとき、少将は飲酒が仏の戒めであったことを悟り、両人ともに仏縁を得て、救われます。

もう一つの卒塔婆小町の話です。

乞食の老女が卒塔婆に腰掛けているのを、高野山の僧が見咎め、説教を始めます。しかし、言葉尻を捉え、法論でやり込められてしまいます。驚いた僧が名前を聞くと、かつては美貌と才覚とを誇った小町だと言うのです。華やかな昔に引きかえて、その零落ぶりを語り始めます。

小町に恋い焦がれて通いつめながらついに願いを果たせなかった深草少将の霊にとりつかれます。少将の怨念だというのです。少将は小町のもとへ通い続けた九十九夜の様子を再現して見せます。

美人も歳を取ると、惨めな乞食の姿で現れる、というわけです。潔く死ぬこともできない小町の姿を描いています。盛者必衰《じょうしゃひっすい》のことわりでしょうか。

どちらの話も男が納得するようになっています。男を袖にしたら歳を取ればこんなことになる、若くて美しいうちは男に愛されても、男の言うとおりにしないと最後はこんな風になりますよ、と言いたいのでしょう。だから、私のこの『小説小野小町百夜』は男社会へのアンチテーゼでもあります。

一〇〇〇年もずっと男がそういう風にして、「ほら見ろ、美人だからと自惚《うぬぼ》れるな」というような意識が営々と続いてきたのです。そう考えると、小町を理解し、同情し、愛したのは女たちのほうだったのではないかと思います。小町の名は、女たちにより伝えられてきたのではないかと。

男の下方願望

男は盛者必衰、美女零落の物語で溜飲をさげるかもしれないけど、意外にも女は小町に対して敵愾心《てきがいしん》をもちません。

女性は小町に対して、きれいで素敵という憧れはあっても、反発や反感を覚えない。

それはなぜでしょう。男の人には弱きものを愛す傾向があり、自分の思うようにしたいという下方願望があると言われてきました。「いい子、いい子」と愛することで自分の存在が確かめられて、「自分は男だ」「強いんだ」と自信をもった。男が女と性交渉するためには自分より小さくて弱くないと関係がもてない、そういう男の生理が関係しているのかもしれません。

男というものは、下方願望からどうしても抜け出せない性《さが》があった。だから、一一〇〇年の間、小町の不遇をよしとしてきた男たちがいたとも言えます。

今の時代は過渡期だと思います。現代の男は、オス性をどんどん失くしています。以前は専業主婦が多かったけれど、女性が働くのは当たり前になり、経済的にも社会的にも進出しました。女性は経済的に男性を頼らなくてもよくなりました。

男女の関係が逆転して、女性が豊かで強くて大きくて賢くなり、性的欲望が生まれ出るようになってくると、鮟鱇《あんこう》みたいになるかもしれませんね。チョウチンアンコウは大きなメスの下に、いつもオスはぶら下がっていて、必要に応じて交尾できるようになっています。暗い深海では異性と巡り会えないから、メスのお腹の下にオスはくっついて、相手を探し回らなくていい。鮟鱇にとっては暗い海で生きて行くための知恵なのです。

話を戻します。通小町、卒塔婆小町、それに苛《さいな》まれている小町像。深草少将の叶わぬ思いの恨みが取り憑いて、小町を苦しめているということが元になっています。

観阿弥の能のために、小町が文化芸能史上、ひどいと思われる扱いを受けてきたとも言えますね。

一二五四年に成立の伊賀守橘成季《なりすえ》が編纂した世俗説話集『古今著聞集』の中でも、かなりひどく言われています。事実に基づいた古今の説話を集め、後の世に伝えるのが、『古今著聞集』です。

こうして小町のイメージは人々の間に浸透していきました。

どんどん貶《おとし》められていきますが、それでも小町が滅びなかったのはなぜか。

歌です。歌があったからです。

だから、私は小説で小町を蘇らせたいと思いました。そして、大事な場面で奏でるのは、「百夜」という曲にしました。百夜も通って来て、二人の仲が叶わずに命尽きた人への哀れみの曲です。

山科の花と雪の里

随心院

小町の最後の住まい

『小説小野小町 百夜』の中に随心院という名では出てきません。山科の邸《やしき》と最後のほうに出てきます。随心院のことですが、当時はまだその名ではありませんでした。現在も随心院には小町がらみのものがたくさん残っています。

小町は縄子から「私が死んだら、都を離れて、花の里に住みなさい」と言われます。その花の里が、山科の住まいです。

✿真言宗大本山　随心院
〒607-8257 京都府京都市山科区小野御霊町35
京都市営地下鉄東西線「小野」駅より徒歩5分

小町は都の邸から山科へ移るときに、姉と共に伏見の竹林の念仏堂へ寄ります。その折、訝《いぶか》しきことが起きました。

奇妙な笛の音が聞こえるのです。小町は不審に思いながら山科の邸に入ったのです。

この笛の音は、小説の最後まで、密かに哀しく聞こえてくるのです。

ある意味では、小町の生涯を通して流れ響いていたとも言えますね。

文が心を動かす

ここからは小説の核心に触れるので、用心深く、一歩一歩進めていきましょう。

山科まで来た小町は、深い信頼を寄せる真静《しんせい》法師との会話から、笛の音の主を知るのです。

「……笛の音が……折り折りに聞こえ参ります……その音、常《とこ》世《よ》からの笛には思えず、心迷いおります」

笛の謎はひとまず措いておき、小町の「母恋い」もこの随心院が舞台です。

山科の斜面で、後ろに山が控え、梅がとてもきれいなところです。小町は梅林を抜け、樹に囲まれた井戸に行きます。化粧の井戸の周りには竹が生い茂っています。井戸には、やっと人が一人通れる石段があり、水面に近づくと水のよい匂いがします。その水面に影を見ます。

「我が面《おもて》のあとに、老いた女《おんな》の面が……ああ、老いた女性《にょしょう》が、我に何か語りおります」

小町の父篁《たかむら》殿は、六道の辻の寺にて、夜ごと地より下りて後世の人と交わり、閻魔《えんま》様とも渉《わた》り合ったと聞きました。もしや我にも、その才あるのかと、奇《くす》しき思いにとらわれ、水面の女性《にょしょう》を見定めます。

今も随心院には小町が自分の身を映して化粧をしたと伝えられている井戸があります。私はそういうナルシスティックな小町ではなくて、母

小町が水面に姿を映したと言われる「化粧の井戸」

恋いの井戸にしました。母がそこで墓石になって現れ、小町は母の死を知ることになるのです。

榧《かや》の木も有名です。

雪の中に立つ榧の木は、美しく凛《りん》として、人の世を圧倒してしまう力がありますね。

随心院は小町にとって、「百夜通い」と呼ばれている伝説の舞台でもあります。

「百夜」のたとえは、「数多く」「たくさん」の意味です。

それほどの思いを込めて、小町のもとへ通ってくる男がいました。

その男は深い懊悩《おうのう》と苦しみを抱え、小町をもとめていたのです。

警護の者寝静まる夜、密《ひそ》かに邸に寄り、
格子《こうし》の透き間よりお姿を垣間《かいま》見いたしま

したことがございました。

雪つわつわと降りますものの昏《くら》くはありませんでした。あたりに白い闇が広がりおりました。

格子の透き間に見えるそのお姿は、灯台の灯りの中にぼうとあらわれた慈母観音かと。

あまりの貴《あてやか》さゆえ、我の楽欲《ぎょうよく》、心の濁りが消えたのでございます。真にゆえなく。

人はあまりにも美しいものを見たときは、観音菩薩を見たような、闇が明けるような感覚になるのではないでしょうか。

雪の中に消えた恋

我執が解けたことを、男は文で伝えます。

そのひとひら、ひとひらは、我が身に積もりし恨み嘆きでありました。

小町様のお姿を見て……濡れて消える雪を見て……ふたたび小町様のお姿を……さらに雪を……と繰り返しますうち、もう良い、もう良い、このまま消える身も良いではないかと、思えて参ったのです。

雪と小町を見比べて、その境地に至ります。私はこれを書きたかった。だからここは雪でないといけないと思ったのです。溶けていくことがとても大事で、桜が散るのではなく、雪が溶けていく場面にしました。

男と小町は笛合わせをします。笛を共に吹くのです。高い音、低い音を合わせます。その歌を「百夜《ももよ》」という曲としました。百夜は恋しい人に届ける曲として言い伝えられてきました。

我が心、石にあらず。

岩に落ちました種も、芽吹き育てば岩根の松となり、やがて根は石を砕き青き葉を繁らせましょう。

我もこの高麗笛《こまぶえ》、吹きとうございます。

笛は男のすなるもの、裳着《もぎ》を終えし女は吹くものでないと、父上に諭されましたのも遠き昔。

それより今日《ここ》まで吹かず、身の護りにして参りました。

ですが我はもう、雄勝の女童《めのわらわ》に戻り、高麗笛を吹きとうございます。


雪とともに細い笛の音が聞こえます。この曲が「百夜」です。

高麗笛は、流れ来る音より高く、鴛鴦《おし》と千鳥が合わせ啼きいたしておりますほどの、調べの美しさ。


鴛鴦は低い音で鳴き、千鳥は高い音で鳴く。鴛鴦という鳥はオシドリで、雄と雌で鳴き交わしていたのです。鴛鴦と千鳥が一緒に合わせて鳴いたほどの美しい調べです。

「百夜」という曲は、実際にはなく、私の創作です。このタイトルの曲があればいいと思ったからです。小説のタイトルはこの曲の百夜と百夜通いから決めました。

笛を吹くというのは、小町なりの故郷への思いもあります。その笛は、父と母の契りの徴《しるし》でもあり、雄勝を離れて都に向かうときに、母親から渡されてお守りにしていた高麗笛なのです。

竹の一節、一節を数えるように、気持ちと情景を描きました。「百夜」の曲の流れに乗り、寄り添います。書きながら、とても穏やかでやさしい気持ちになりました。

耐え忍んできた哀しみがよろこびになり、さらに深い哀しみが、曲の頂点へと登りつめて行きます。その頂点に差し掛かったところで、何が起きたか。

伝説『百夜通い』は男の恨みを残しましたが、私は「哀れ」の極地にある「雪のあたたかさ」を伝えたかった。

男の骸《むくろ》は真静法師が祀ります。真静法師は不遇な人を祀る法師ですから委ねます。雪の白さの中に消えて行った恋。悲劇でありながらも、本望を遂げ、浄化された恋の結末だと思います。

随心院の現在

真言宗善通寺派の大本山で、弘法大師より八代目の弟子にあたる仁海僧正の開基。九九一（正暦二）年、建立。古くは牛皮山曼荼羅寺《ぎゅうひさんまんだらじ》と言われました。京都市山科区小野御霊町《おのごりょうちょう》にあります。

仁海僧正は勅命により、神泉苑（京都御池大宮西）に請雨の法を九回行っています。その度に雨が降ったので、雨僧正とも称されたそうです。

その後、増俊阿闍梨《ぞうしゅんあじゃり》が曼荼羅寺の子房として、随心院を建立します。第七世、親厳《しんごん》大僧正が、一二二九（寛喜元）年、後堀河天皇より、門跡の宣旨を賜り、以来随心院門跡と言われています。一五九九（慶長四）年、本堂が再建。

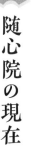

仁明帝は崩御の後、山城国深草の山陵に葬られました。小町は更衣に近い身分でしたが、仁明の世が終わり、三十歳を過ぎたころに宮仕えをやめて、小野の里に引きこもり、晩年を送ったと伝えられています。

境内には本堂、奥書院、表書院、庫裡《くり》、小町文塚、化粧井戸などがあ

随心院の境内の様子。深草少将の百夜通いの伝説が名高い

ります。小町作と伝えられている小野小町文張《ふみはり》地蔵尊像があります。総門近くの小野梅園も見どころです。花の春、新緑の初夏、紅葉の秋、雪の冬と四季を楽しめます。小町堂という納骨堂もあります。

化粧井戸のことは『都名所図絵』に記されています。小町が使ったとされる井戸は、門内の南の藪の中にあります。

小町文塚は、小町に気持ちを寄せた男性たちが送ったとされる恋文、約一〇〇

○束を納めた五輪塔で、林の中にあります。
小野小町文張地蔵尊像も寄せられた恋文を内張りにして造ったものだと言われています。言葉には強い力があるので、文は大切にされたのでしょう。


随心院に語り伝えられているもので、最も有名なのは、もちろん深草少将の百夜通いの話です。小町を慕って雨の日も雪の日も通い続けました。小町に百日間、通ってくれたら思いのままになると言われたからです。しかし九十九日目の夜、降る雪と発病で、あと一日で百日になるというときに亡くなったというあの伝説です。

このとき、小町は少将が通ってくるのを榧《かや》の実で数えていたと伝えられています。小町は九十九個の榧の実を少将が通った道に植えたとも言われていて、現在の随心院近辺には、二本の榧の木があります。小町は九十九個の榧の実を糸でつないで数えていたので、この榧の実にはその跡が残っていたそうです。

『小説小野小町 百夜』は、このような伝説に添いながら、新しい人物像をつくり出しました。より人間らしい姿に近づいたのではないでしょうか。

小町の思いは『古今集』に歌として残っています。伝説にくらべて歌は、生《なま》の言葉、生の声なので、より身近に感じられますね。

小町の墓はここにはありません。日本のあちこちに、小町はその名とともに眠っているのだと思います。

随心院がある地は小野と呼ばれていました。小野家が栄えたところです。醍醐天皇陵の東に小野寺という小野一族の氏寺の遺跡が近年、発見されたそうで、このあたりで小野家が勢力をもっていたことがわかります。

平安時代の婚姻関係

通い婚で一夫多妻

当時は通い婚が当たり前でした。平安時代の前期は、結婚しても夫婦は別居し、夫が妻のもとを訪ねる妻問婚《つまどいこん》が主流でした。

昨日の夜はある男が通って来て、今日は別の男が来て、明日はまた違う男が来るということも起きます。複数の男性と関係をもっても女は責められることはなく、これは貞操観念の問題ではありません。女は基本的に待つしかない身で、来るものはしかたないという考えでした。

もちろん上手に断ったり、逃げたりもしました。

男は女のところを訪れる前に和歌の贈答をして、気持ちを詠んで伝える必要があります。何度も歌を詠んで、あなたに会いたい、あなたが好きだという思いを伝えて、よい返事がきたら訪ねます。

男が女宅を夜に訪れて、妻戸を開けて中に入れてもらえば共寝が叶います。そして鶏が鳴く声を聞けば、急いで立ち去ります。

共寝をした後は、着ている着物を一緒に被って寝たのでしょう。まさに「衣衣《きぬぎぬ》」です。「きぬぎぬの別れ」というのは、朝、別々の着物を着て、男が帰って行くことです。

男はなるべく早く、「後朝《きぬぎぬ》の歌」を女に贈らなくてはなりません。たとえ、満足していなくても、「昨日は楽しかったよ。素晴らしかったよ。また訪れますね」ということを歌にして届けるのが礼儀でした。

男が帰って行って、いつまでも後朝の歌が届かないと、昨夜はよほど不満足であったのかと、本人だけでなく、仕えている女たちがみな心配したそうです。

男はあちこちの女のところに通います。朝の光が差す前に帰ってしまいますから、顔を見ないで体の関係だけです。御簾《みす》越しにわずかに顔が見えたかもしれませんが、当時の灯りは、蠟燭《ろうそく》やこよりに油をしみ込ませて火をつけた小さな灯りです。ほとんど顔は見えませんでした。男の香の匂いで誰が訪れたかを知り、残り香に思いを寄せたのです。匂いが大事でした。だから香が栄えます。

男が訪れて御簾の内に入って来たら、強引に関係を求められ、応じざるを得ないこともあったでしょう。

男は帰ろうとして、しらじらと夜が明ける朝などに顔を見ると、こんな女だったのか、こんなはずではなかった、ということはたくさんあったことでしょう。

三日間続けて男が女性宅に通うと、婚姻関係が成立しています。三日目の晩に結婚披露の祝宴が女の家で行われます。男が女性の親族と対面し、三日夜《みかよ》の餅を食べると正式に結婚が成立します。結婚しても男が女の家に通いますし、男はほかの女のもとにも訪れます。

平安時代の中期は、夫が妻の家に同居する婿入婚《むこいりこん》もありました。夫が妻の家に住むことから、天皇の外祖父になる藤原氏の外戚政策が効果を上げたような力関係も生まれています。

後期以降、妻が夫の家に同居する嫁入婚《よめいりこん》が増えてきます。

『源氏物語』の光源氏が、元服後、父である桐壺帝のはからいで左大臣の娘、葵の上と結婚しますね。親同士が決めた人、高貴な女性です。

『源氏物語』の絵巻物「桐壺」より

ここで大事なのが女の出自です。親の血筋が大きく影響します。一夫多妻ですから、後でより高貴な女と結婚した場合は、その女性が正妻になる場合もあり得ます。それに異を唱える研究者は、すでに結婚しているから正妻ではないと言います。

平安時代の婚姻制度の実態は、未だに解釈が分かれているのです。一般的には、父親の館と領地は娘に伝わります。生まれた子供は母方の家で育てられ、男の子ならば男親の姓を名乗ることが許されています。貴族の男子（嫡子以外）は、親の官位を譲られて、財産は譲られなかったようです。

これは地方の豪族には都合のよかった婚姻制度です。貴族とのつながりができて、庇護が受けられますから。都の下級貴族が東国に進出した要因の一つとされています。

相手が天皇の場合は、女性は宮中の殿舎に入ります。身ごもれば里邸に戻り出産し、子供は女の実家で育てます。子供は母方の祖父と一緒にいるため、その子に対しての影響力が大きくなります。

『小説小野小町 百夜』でも、女御縄子は里に帰って親王を産み、小町は女御に仕える形で後宮に入ります。

招請婚により東国の常陸国や相模国に桓武天皇系の平氏が進出し、軍事貴族が所領を獲得していくという流れが起きます。やがて招請婚は減っていき、都に住む貴族たちは地方を蔑視するようになります。

業平は何人もの女の人を訪ね共寝しましたが、それはある意味で男の生きる能力でもあったのです。もちろん役人として政《まつりごと》をしていますが、その地位以外で、女の人との関係があればあるほど豊かになるとも言えます。

当時、処女崇拝はありませんでした。才能があって美しければ、よしとされていました。ほかの男との恋があっても、それはそれでいいわけです。

でも立場によっては、恋の噂が立つことで、女としての価値が落ちるとみられました。将来、天皇に嫁ぐ女として、あまり噂が立つと傷がつきます。『源氏物語』の中で、次の帝に嫁ぐはずの朧月夜《おぼろづきよ》を光源氏が寝取ります。そのため、朧月夜は妃にも女御にもなれない形で嫁いでいます。位を落とされてしまいました。身分の高い人は面子がありますから、男との噂があると避けたようです。

女と共寝をした光源氏も業平も、自ら選んで都落ちしています。業平は東下りし、矢面に立つ前に逃げ出してしまいました。これも貴族男子の生き る知恵だったのです。

母系が相続する

夜の訪問者には、ひそかに通じた案内《あない》の者がいます。夜、いきなり男が入って来るのではなく、女の家に意思が通じている人がいて、本命の姫君や女と会う手引きをしてくれます。そういう手引きのために、本命の女の使用人とも懇《ねんご》ろになっている人もいるわけです。

当時は母系の相続です。たとえばお金持ちの女のところに男が通ってきたら、たとえその男にほかに女や妻がいようと、着物を作り、いろいろと世話をするのは女の両親です。いい婿さんが見つかったら、帰らないように親が履物《はきもの》を隠したりもします。別の男と重なってはいけないので、お付きの女房たちが上手に振り分けたのではないでしょうか。

旅先でも、ちょっとした受領《ずりょう》の家の場合は、親が娘の寝所に客人を導いたりします。なぜなら貴い血をもらい受けたいから。その男は都へ帰ってしまうとわかっていても、いい血をもらいたいので、子供が生まれれば、それでよかったのです。

藤原の名前が東北のあちこちにあるのも、そういう婚姻関係があったからだと思われます。

都の中でも、「才ある姫君がいる」「美しい姫君がいる」という噂を流して、いい男が通ってくるように父親は願いました。

内裏に入れて、帝に見込まれ招かれたら、更衣となる可能性も大です。更衣になれば、両親なども含めて、生活が安定します。小町もそのレベルでした。さらに愛されて子供を産んだら女御の可能性も出てきますが、女御より上は父親の地位が高くないと無理。父親の地位次第では妃や女御の位が可能になってきます。

そういう時代だったので、小町がいた山科の花の里、都から離れた随心院のようなところであっても、男が通ってくるのはあり得ることでした。

『伊勢物語』で、ある男が結婚をしたけれどその女の親が零落し、貧しくなって、婿に何もできないから、男はほかの女のところに行くという話が出てきます。婿は当然のごとく、ほかの女のところに行くと、その親が着物を作るなどいろいろと世話をします。このようなことは、ごく普通にあったようです。

小町は出家などしていませんが、男が通って来るのを受け入れる気持ちはありません。そういう歳ではないことを呟いています。待つ身のつらさと不自由さを、小町は知っていたのだと思います。

男は何人もの女のところに通っていますから、いかにも自由に見えますが、実は不自由でした。まさに種付け馬のごとく女のもとに通っていますが、男が財産を相続するわけではなく、その家の女との間に子供が生まれても、子供は女の親の家で育てられます。そういう婚姻制度なので、男は男なりに大変でした。

男がいなくなっても娘やその子は女の親の家で育てられるし、家の財産は娘へと受け継がれるので、男から養育費をもらえなくても、面倒をみてもらわなくても、女も子供も困らないわけです。

ほかの古典でも女の切なさが語られていますね。たとえば、自分の家の前を男が乗っている車が通り越して、よその家の女のところに行く。つまり男が来ないつらさがありました。女は行動を起こさずにひたすら待つしかありませんでした。

文使いが恋に落ちる

当時は使いの者が文や歌、ものなどを届けていました。

別の方向から恋を見てみると、ミイラ取りがミイラになる、つまり恋の通訳が恋に落ちてしまうこともあったと思います、

この小説には文使いが恋に落ちたという構図が二つあります。自分の主人から預かった文やものを渡す役目でありながら、届ける相手に恋をすることは、けっこうあったのではないでしょうか。その文使いが少年であれば別ですが、基本は男です。女は外に出ないし、走り使いはしません。

使いの男は小僧であったり、立場のあるものであったり、帝なら側近

画／大野俊明

の蔵人だったりしたでしょう。都と鄙とは違うけれど、同じ構図です。『小説小野小町 百夜』を読み終えたとき、二つの禁忌の恋の切なさが心に残ってくれれば本望です。

生活の記録

『源氏物語』のころになって、力ある男は、自分の屋敷に女を住まわせたり、東西南北に春夏秋冬の屋敷を作って、女房たちを住まわせていた男もいたようで。『小説伊勢物語 業平』にも登場する源融《みなもとのとおる》の六条河原院は、『源氏物語』のモデルとなった大邸宅でした。

一方で下々の庶民の婚姻形態の記録はまったくありません。庶民は乳母を雇えませんから、母親の乳で育てたでしょう。おっぱいを赤ちゃんにやるためには、食事は大事ですから食べさせるために、父親は力仕事をしたり、農作業をして稼いだと思います。現代の家庭のような形で営んでいたのではないでしょうか。

貴族の男たちは毎日、朝起きたら一番に前の日の記録をつけていたようです。公家日記と呼ばれているものです。日々の仕事が記されていて、基本、漢字で書かれていました。

業平は漢字が上手くなくて、女好きで、仮名文字ばかりで書いていると蔑まれていたようです。

『日本三代実録』という歴史の記録がありますが、絵巻物のほうが、当時の生活はよくわかります。そこに現れている肉体労働者は、ふんどし一丁で頑張っています。

家屋敷と財産は、基本、親が亡くなったら娘に相続されますが、必ず女の子がいないとダメというわけでもなかったようです。ただ滋野貞主が亡くなった後、貞主の長女の縄子が自動的に継いでいるとしました。そして同じように篁亡き後も、継いでいるのは小町の姉です。

実家で女性が産んで子供を育てるので、娘の子の血筋は確実です。男のほうは今のように遺伝子検査がないので、子の父親を断定できません。それも母系社会にならざるを得なかった理由でしょう。母系社会は通い婚とセットということになりますね。

『源氏物語』だと、藤壺が産んだのは実は光源氏の子だけれど桐壺帝の子として育つわけです。親は、自分の娘が産んだ子であれば大事に育てます。

この養育にはセレモニーがあり、それを産養《うぶやしない》と言います。高貴な人になればなるほど、何日目に何をして、一週間目には何をするという儀式があります。今で言うと、お七夜、お宮参り、百日のお食い初《ぞ》めとかです。その都度、男の親からの、祝いの品が届きます。

父親が誰かわからなくても、娘が産んだ子供をその家で育てるのですから、父親からの祝いは大事でした。父親による認知ですから。

産養をする家は、ある程度経済的なレベルが上の人たちでしょう。一般庶民は簡単な方法でお祝いをしていたと思われます。

子供が健康に育つことが大変な時代ですから、祈りを込めて祝いごとをしたのです。

子供も母親も死亡率が高かった

諸説がありますが、出産時に四人に一人は母親が亡くなっていたそうです。母親がそうですから、赤ん坊に至っては、もっと亡くなっていたのではないでしょうか。

小説では、縄子は天皇の子を産みましたが、早く亡くしています。子供を産んだ後、そのまま産褥で死ぬこともあったみたいです。加持祈禱をし、香を焚いて、神に祈って、無事に生まれますように、元気に成長しますようにと祈ったのです。子供が元気に育つことがいかに難しかったかがわかります。

道長の娘の中宮彰子が子供を産む場面が、『紫式部日記』に書かれています。男の子が生まれたら天皇になるかもしれない。そうしたら自分の立場は高くなりますから男の子が生まれるように祈っています。加持祈禱もしています。ここで産んだら縁起が悪いと考えれば、場所を変えます。そうして生まれてきたときの喜びは大変なものだったでしょう。

清少納言が仕えた定子は産褥で亡くなっています。産んだ後に感染症になって死んだと言われています。産後も一生懸命、手当てをしなければなりませんでした。

子供を少なく産んで育てるのは近代の話です。我が家の仏壇に文政年間の位牌があって、戒名が書かれていない童女、童子の名がたくさんありました。私の曾祖父かその上の世代の子供ですから、一八三〇年ぐらいでしょう。今から二〇〇年も経っていないのです。そのころに、こんなに子供が死んでいるのですから、平安時代はもっと亡くなったと想像できます。

いろいろな祝いごとはこの時代を表す一つの形です。男子の元服は初《うい》冠《こうぶり》。女性の成人は裳着《もぎ》と言います。これは一人前になりましたという最大のお祝いだとわかります。

この女性をよろしくということで、裳着の腰結《こしゆい》役、つまり腰を紐で結ぶ役がありました。この女の子については生涯後見役をやりますという意味です。

どんな暮らしだったのか

どのような生活をしていたのかも貴族しか記録はなく、寝殿造の母屋《もや》を中心にした生活を想像するしかありません。母屋を中心に東の対、西の対、北の対などがありました。

この時代は、まだきちんとした貨幣経済は成立していません。銭《ぜに》はありました。その銭がどの程度の範囲で使われていたのかは学者も確かにはわからない部分です。

絹や反物など物で渡されていたと思われます。

衣と住はわかるけれど、食がよくわかりません。衣はお金に代わる価値がありました。今もお坊さまとかの袖は、大きな縫い方をしてありますが、シューっと簡単にほどけば布になるわけです。着物が絹だと価値が高く、布は食べ物にも替えることができます。布には貨幣に代わる価値があったのです。身分が高い人は絹のいい衣を着ているので、それを人に差し上げることもあったようです。

香は男と女を結ぶ

香は文化人の興味の的

平安時代を描くのに香は外せません。

男が女のところに訪れたときに香る匂いは大事です。蠟燭《ろうそく》のような灯りしかありませんから暗くて顔がわかりません。また女は御簾《みす》の向こうにいるし、扇で顔を隠しています。匂いはその人を身近に感じるものです。

現代は匂いを消す方向ですが、当時は着物に焚き込んだ香で自己主張をしていました。

フランスでも香水が発展したのは、今のようにお風呂に入らないからでした。日本でも当時はあまりお風呂に入りません。

女性が生理になったときにどうしていたのか。汚れとされていたという記述はありましたが、それ以外のことは正確にはわかりません。

男が突然、訪ねて来たときには、「吹き出物、腫れ物ができまして、今宵はお会いできませぬ」と下使いの者に言って帰したようです。下使いの者が伝えると、それを押し切っては入って来なかったらしいです。

香にまつわる話では、女御縄子は薫陸《くんろく》という香木を手に入れ、それが父親・貞主の死にも関係しているかもしれないという悩みをもちます。

香の集いが貞主の家、縄子が受け継いだ家で行われました。文化人はみんな香に興味があります。しかも唐のもの、異国から来たものを羨望しています。誰もが行ってみようと集まってきます。珍しい香木、薫陸が入ったと聞いて、どんな香りかと関心を示します。

ここで小町にまつわる主要な登場人物が勢ぞろいします。安倍清行、文屋康秀、そして在原行平と在原業平も来ます。薫陸を入れた梅花にみんな興味津々だったのです。

みんなが一堂に介する場面を書くには、華やかな薫物《たきもの》合わせが一番ふさわしいと思いました。勢ぞろいすることで、小町との関わりが見えてきます。小町と贈答歌を交わしている人は限られていますが、ここにほぼ顔を見せています。

小町と業平との関わりも見えてきます。

香の知識として

香は奈良時代は宗教の儀式に用いられていました。平安時代になると貴族たちが家伝の秘めた方法でブレンドして、練香を作り、披露し合う薫物合わせを楽しむようになります。教養の一端として必要でした。

このときの縄子は父親の貞主と共著で香についての本を出しています。文化人だったことがわかります。

香は独自の香を作るために、何種類もの香を配分して合わせて練ります。「梅花」「荷葉《かよう》」「侍従」「菊花」「落葉」など有名な薫物を作って試していました。

「梅花」は春。梅の花の香に似た匂い。

「荷葉」は夏。蓮《はす》の花の香に似た匂い。

「侍従」は秋。秋風が寂しく吹くころ。懐かしい匂い。

「菊花」は秋。菊は露に香を移し、楽しんでいました。

「落葉」は冬。紅葉が散るころ。すすきの装いを思い浮かべます。

それらは沈香《じんこう》、薫陸《くんろく》、安息香《あんそくこう》、白檀《びゃくだん》、丁子《ちょうし》、甘松香《かんしょうこう》、麝香《じゃこう》、雀香《かっこう》、甲香などの薫物を配合して練って作るのです。

沈香はどれにも半分ぐらいの割合で配合され、練香の基本となる香りです。インドから東南アジアに産するジンチョウゲ科の常緑高木が埋もれ木となって数百年を経たものです。高級なものを伽羅《きゃら》と呼んでいました。

薫陸はインドやイランに産する乳香樹の樹皮を傷つけて、しみ出たヤニが固まって石のようになったものです。レモンとカンファーが混ざったような香りと言われています。気分が塞ぐときに使われるようです。小説の中にも出てきます。

白檀はインド産のビャクダン科の常緑高木。心材は黄白色で芳香があり、古くから香料として珍重され、仏像や美術品の彫刻材としても使われています。

丁子は正倉院御物にもみられます。クローブのことです。花は芳香があります。つぼみを乾燥させたものを形状から丁字、丁香とも言います。紀元前からギリシャや漢で知られていました。

甘松香はヒマラヤ地方に産するオミナエシ科の多年草です。根茎を乾燥したものは芳香があり、香料となります。

甲香は練香に混ぜると香りが長く保たれる効果があります。巻貝の赤《あか》螺《にし》などの蓋です。酒に一晩漬けて、火であぶって粉末にしたそうです。

麝香はジャコウジカの性的分泌物を貯蔵する下腹部にある袋です。現在はワシントン条約により、捕獲禁止されています。女性を魅了するフェロモンの香りと言われていました。ムスクのことです。

それぞれ匂いに特徴があります。これらを配合し練りますが、最大の敵はカビだそうです。日本は湿度が高いので、湿気が多い時期は避け、春や秋の乾燥した季節が薫物づくりによいとされていました。

どの香にも調合するとき、沈香、丁子、甲香の配合が多く、この三つは香の基本です。沈香を半分ぐらい使う場合がほとんどで、半年熟成させて、一年寝かせて完成させたとか。

この時代は今より、みな嗅覚がすぐれていたのでしょうか。

業平と小町の出会い

慈恩院

菊の花の縁

滋野貞主の山荘（別邸）が慈恩院です。小町の父・篁も好んで訪れた場所です。異国情緒ある趣深いところでした。何種類もの菊が咲きほこり、その見事さは内裏でも噂が流れていました。

残念ながら現存していません。

仁明帝の四十歳の算賀《さんが》に、帝が好む菊を探すために小町は慈恩院を訪れます。そのとき、庭で在原業平にばったり会ったのです。

男は背を向け、菊の中を、そぞろ歌を口ずさみながら中門の方へ歩み去られたのでございます。

「……思ひつつ寝《ぬ》ればや人の見えつらむ……夢と知りせば覚めざらましを……」

業平は詠いながら去ります。小説で最初に慈恩院が舞台になった場面です。

仁明帝の体調がすぐれないことから、祈禱の算賀でもありました。続いて母君の太皇太后《たいこうたいごうたちばな》橘　嘉智子《かちこ》により算賀が催されます。

慈恩院は、浄土はこんなものかと想像させるほど美しく作られていたそうです。これもまた男の世界です。

女性が考える仏教は、形ではなくて心の内を見て、心のあり方を考えたのではないかなと思います。

次に慈恩院が舞台になるのは、縄子が亡くなり、その供養が行われた場所としてです。導師は真静法師です。

小町は、自分はすでに後宮の人間ではなく、後宮には新しい女たちがいるのを知っています。縄子が麗景殿の主で小町が女房として仕えていた当時を思い出し、あのよき時代があったなと感慨にふける場所でもあります。

哀しみを共有できる同志

業平と小町の関係に共通しているのは反権力と歌の力でしょうか。

小説の中で小町と業平が会ったのは三回です。

最初は慈恩院へ菊を探しに行ったときにいきなり菊の間から飛び出してきたのが業平。たぶん業平は年齢からいって、殿上人《てんじょうびと》となったばかりです。殿上人というのは五位までの人です。そうなって間もないころで、ちょっと気負っていますね。その気負いを抑えて、小町の夢の歌を口ずさみながら立ち去る。そこにダンディズムがあります。小町は「何？　今のは私の歌でしょう」と思いますから、ちょっと惹かれるし、気になるはずです。なかなかかっこいい去り方をする業平ですね。

次は滋野奥子が子供を産んだとき、天皇からのお祝いの勅使として業

千早振ちはやぶる

きく龍田川

うらに従ふ

くれなゐに

みづくくるとは

在原業平朝臣

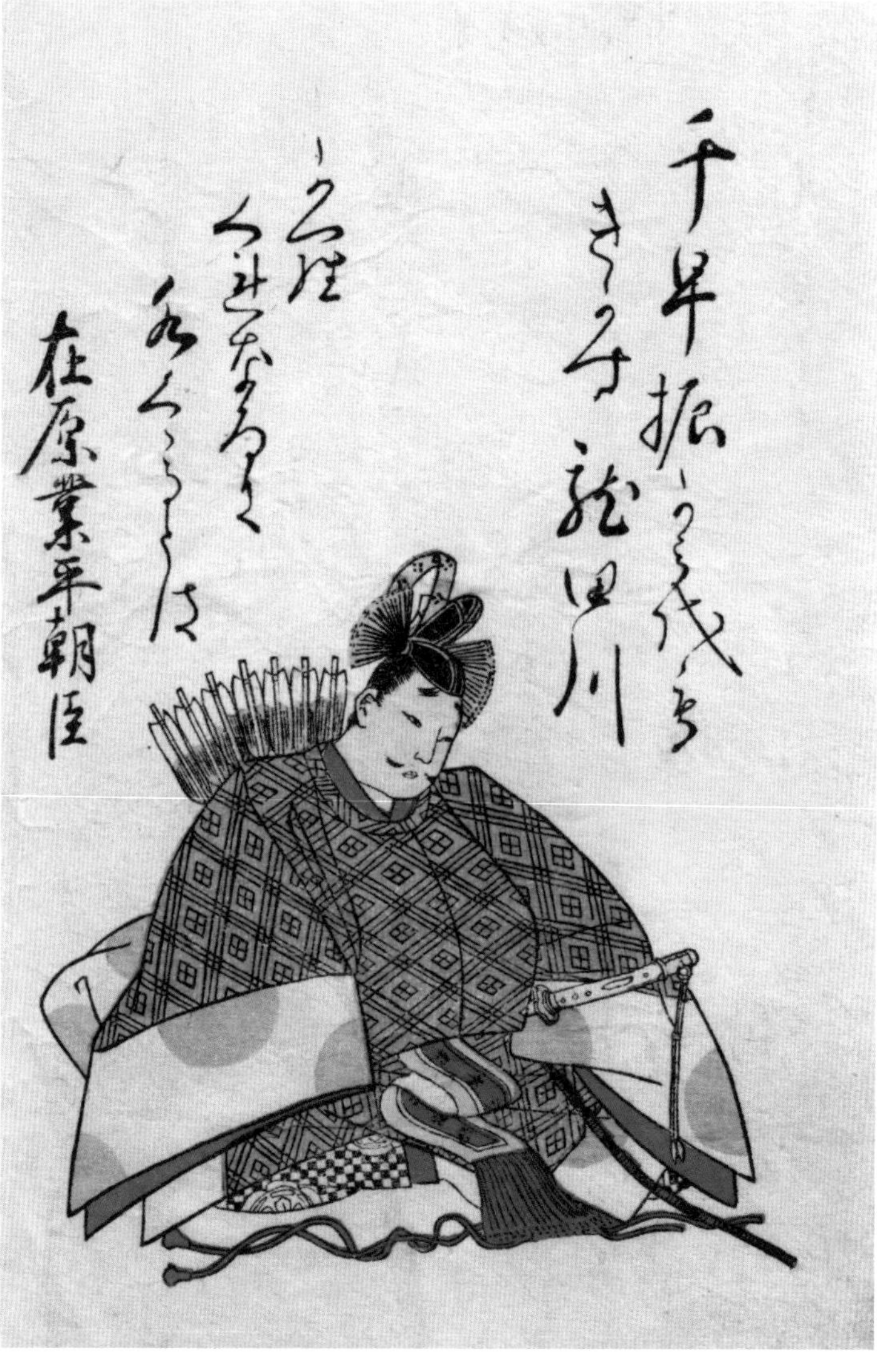

在原業平 肖像

平が縄子邸にやってきたときです。そこで久しぶりに会います。業平のほうから、「あの、菊のところでお会いした方の匂いです」と言います。小町の顔を見なくても、美人だという噂は流れているので、業平も当然、知っていたはずです。

小町の香道の師匠でもあるのが縄子です。麗景殿で使っている優れた香を小町も使っていたでしょう。麗景殿出身の女房たちは、その匂いを身につけていたでしょうし、それは男にとってもハッとするような香りだったと思います。この匂いはあの御方だというように認識できたはずです。業平も小町の香りだとわかったはずで、香りは男と女をつなぐのです。

縄子邸で業平を見送るときに、小町は歌を詠みます。当時、女性は扇で顔を隠して日常生活を送っていますから、扇がないとなんとなく落ち着かなかったと想像できます。

今、新型コロナの影響で私たちがマスクをつけることが習慣になって、取るとちょっと恥ずかしい気持ちになるのに似た感覚だと思います。扇で隠しても、透き間から顔が見えないかと、男はチラチラ見ていたことでしょう。

扇で顔を隠しながら屏風の前で詠みました。

秋風にあふ田の実こそかなしけれ
わが身むなしくなりぬと思へば

秋の激しい風にあう稲穂は哀れです。稲は実らず、我が身も実ることなく、むなしく衰えていくと思えば、この哀れはひとしおです。

翌朝、業平から歌が届きます。

頼まれぬ憂き世中《よのなか》を嘆きつつ
日陰におふる身をいかにせむ

出世が叶いそうもないつらいこの時世、日陰の植物のような我が身を嘆きながら、どう生きるのがいいのかと。

惟喬《これたか》親王は文徳帝の第一皇子で、母は紀名虎《きのなとら》の娘の静子《しずこ》。帝も皇太子として後継者にしたいと考えていましたが、藤原良房の娘の明子《あきらけいこ》が文徳帝との間に第四皇子の惟仁《これひと》親王を産みます。

当時の最大権力者であった藤原氏と、文系傍流の紀氏の力の差は大きく、藤原良房の圧力により、惟仁親王はわずか生後八ヵ月で皇太子になり、文徳天皇が亡くなると、九歳で即位して清和天皇となりました。惟喬親王は母親が紀一族で政治力がなく、皇太子になれません。

良房は人臣としては最初の摂政となったのです。

天皇になれなかった惟喬親王は、政治から遠ざかり、業平と交野《かたの》の別邸で狩りをしたり、花を愛でたり、歌を詠みます。業平は惟喬親王の側近中の側近で理解者でした。

業平のこの歌で小町が何を確認したかというと、業平は惟喬親王が好きで反権力の人だということ、そして歌人だということです。

小町は業平が天皇べったり、権力べったりではないところが信頼できると受け止めます。反権力者の哀しみをもつ業平ですから、小町は哀しみを共有できる人と思いました。

優れた歌人同士でなければ通じ合えないもの、理解できないものをお互いに感じ合ったと思います。

政《まつりごと》の男たちが権力を得るために右往左往しているのに比べて、歌と恋にだけ夢中になっている業平に小町は好感をもったのではないでしょうか。

政治に対して失望し、あえて言えば反権力の情をもつことで、業平と小町は心をつないだのだと思います。

小町に恋の歌を贈る業平

三回目は、薫物合わせの集いです。薫物合わせの後で、業平は小町に歌を詠みました。うまくいったら、共寝にもっていきたいのです。

思いも掛けぬことにそれまでとは違う色の文。料紙《かみ》の色も紅葉《もみじ》に変えてございました。

歌の友とのみ思い、文かわしておりましたので、と返しましたところ、さらに、歌ひとつ、贈られて参ったのです。

秋の野にささ分けし朝の袖よりも
逢はで寝る夜ぞひぢまさりける

秋の野に生えています笹を掻き分けて、露に濡れながら帰る後朝《きぬぎぬ》の別れの袖も、涙で濡れてしまうもの。けれど逢えないままの独り寝の夜の袖は、さらに涙で濡れています。独り寝は、それほどにつらいもの。私の思いを受け入れていただけないでしょうか、と詠んだのです。

けっこうしつこく文がきましたが、小町はすぐには返事をせず、次の歌を贈ります。

見る目なきわが身をうらと知らねばや
かれなで海人《あま》の足たゆく来る

お逢いできない私であると、ご存じではないからでしょうか。ご存じのはずです。海松布《みるめ》のない浦なので、海人がしげく来ましても無駄です。

同じように通い来られても、駄目駄目。

この歌は『小説伊勢物語 業平』にも採《と》りましたが、小町の名は入れず、業平にとって思うにまかせぬ女人の歌として書きました。

結局、男と女の関係には立ち至りませんでした。歌の道を生きる友としての文のやり取りで終わりでした。

当時は、男は女に歌を贈って、共寝を求めました。歌は共寝のイントロのような感覚です。けれど小町は業平の誘いに乗りません。業平とは才能の結ばれ合いを求めたし、それに徹したと私は思っています。小町は業平の歌の才能を認め、友情としての関係でいたかったのです。業平のほうは小町が美しいから共寝ができればと思ったけれど、できないからこんな女は嫌だとはならなかった。

業平はあちこちの女に恋しています。しかし、心から愛した高子《たかいこ》という人がいます。高子は権力の座に上がったけれど、その庇護を受けて、業平は歌を開花させます。

だから業平は、女に対して下方目線をもち、なんとか共寝したいという単純な男ではなく、認めるべきものを認めた人なのだと思います。そ

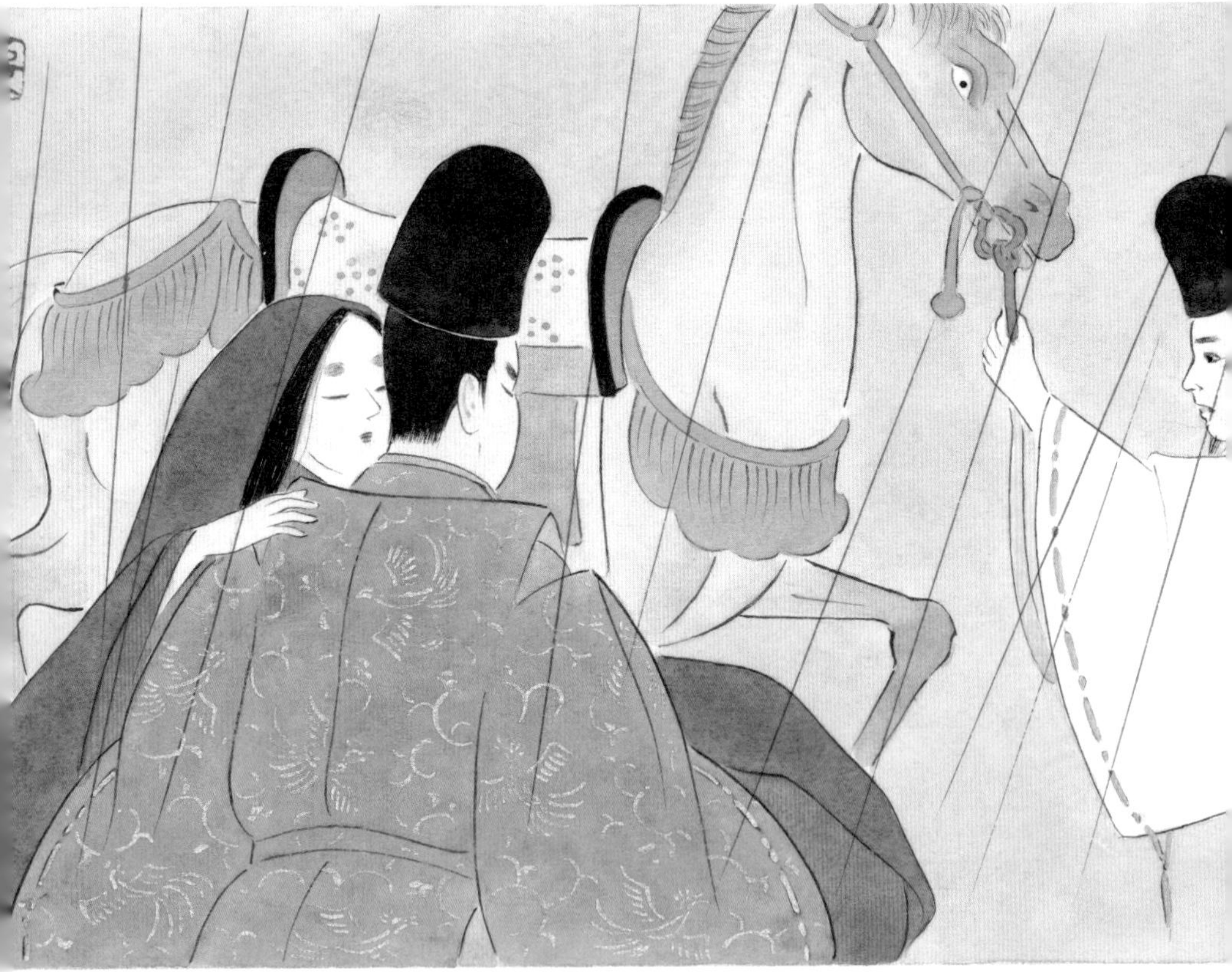

『小説伊勢物語 業平』より業平と高子（画／大野俊明）

れが高子であり、小町であったと。

男女の関係は共寝だけではないのです。

業平を母性で包んだ小町

私が小町の立場であったならと想像して小説を書きました。

ほとんどの男、いわゆる貴族たちは共寝して、子を産む存在としか女性を見ていない時代でした。産んだらそれなりの価値がある。そのように役割が強調された人間関係でした。

母親も兄弟も、一緒に過ごして大人になるという過程が短かったし、平安時代の婚姻関係では父親の影が薄く遠い。

小町は業平に当時の男女の関係とは違う関係を感じていたのではないでしょうか。共寝をして子供を産むだけの女ではない。もっと別の価値をもっている女だということを認めてほしい。芸や才能での認め合い方を望んでいたのではないかと思います。だから小町にとって業平は心地いいし、頼りになる男に思えたのではないでしょうか。

業平は薫物合わせのときの小町の様子から、小町の心の動きを感じています。小町の思いがどこに向かっているのかわかっています。恋を知っている業平の勘です。それでも小町に恋の歌を贈らないではいられない性分でした。まさに色好みの「男」でもあったのです。

そんな業平を包み込む、男の性を包み込むような柔らかさをもっているのが小町です。

同年代だと精神年齢は小町のほうが上でしょう。たいていの場合、男より女のほうが精神年齢は高いですから。ある意味では、お姉さんのように温かくなれたのではないでしょうか。これは私が作った小町像です。業平の対応もよかった。ほかにも女はたくさんいるから、余裕があります。何が何でも共寝をすることをめざしていません。

また業平は高子姫だけではなく、斎王になる恬子《やすこ》など、まだ幼いころにやがては共寝もよかろうなどと思ったりして、恋慕しています。そういう噂が流れ、小町の耳にも入っていました。

「まあ欲望まっすぐな男ね」と、それをおかしく微笑ましく感じる余裕が小町にはあります。小町は「男ってそうよね」と言って、毛嫌うので

『小説伊勢物語 業平』より業平と恬子（画／大野俊明）

はなく、「かわいい」と思える母性があるのです。

業平はかなりモテた男です。小町も同じです。モテる男と女は余裕があります。余裕があるからモテるとも言えますが。

才能の認め合い

小町が歌を返したとき、「なぜあなたは海にも行っていないのに、海の歌を詠むのですか」という業平からの核心をつく問いかけに、小町は「自分が育った雄勝には海はないけれど、なぜか海を詠みます」と答えます。

業平との文のやり取りで、小町は母親と別れてきたときの多賀城でのこと、自分の身の上を、これまで人には語っていなかったことを業平には文にして語りました。

小町は業平には何を語ってもいいと感じたのでしょう。幼いころにすべてを断たれた哀しみが、私の海の歌だということも。二人は心が通じ合っていました。

「怖ろしうて忍び敢えず、哀しうて得がたきものが、我の海でございます」

東北の村から出てきた小町の歌の中に、なぜ海をこんなに詠み込めるのだろうと感じることができるのも、業平の歌人としての力です。

男との関係で、生理的なもの以外のつながりがあるとすれば、それは才能と才能のつながりです。

よき人のよしとよく見てよしといいし
吉野よく見よよき人よくみつ

という天武天皇の歌があります。よき人は吉野をよく見て、素晴らしい、よしと言った。よき人が度々よく見たのが吉野の桜である、そういうちょっとした戯《ざ》れ歌《うた》で、よきよきよきを重ねています。

このときのよき人とは、男であれば君子、女であればまずは血筋のいい女。次は美しい人。もう一つが歌の才能。当時はこの要素が三つ重なっている人がよき女《ひと》でした。

そういう人が吉野へ行って、吉野はいいいと言ったよ、と。

それは男の人が女をどういう風に見ていたかがわかるものでした。だからよき血筋の美しい女で、才能のある女と共寝したら、それはそれで達成感があったと思いますね。

そういうもの以外で女性に価値を見つけてくれる人は、おそらくあの時代は皆無だったでしょう。そういう時代だったので、三つがそろったいい女がいるとあえて噂を流したりしていました。

この時代に置いてみると、業平と小町の関わりは、貴重な男女の関係です。才能を認め合い、歌人として尊敬し合っているのですから。

歌がわかる人は人の気持ちがわかります。歌は万葉集から始まって一つの定型がありますから、努力によって学ぶことはできます。定型を踏んで詠めば、型に込められた意味があって、それは伝わるわけです。つまり知識です。

日本には全国津々浦々に歌枕があります。例えば塩竈《しおがま》というと、藻塩を炊いた煙が上がって、鄙の貧しい海女姿が思い浮かんできます。塩竈というだけで伝わるものがあり、想像できます。そのように共有の意味として歌枕を使っているのです。

ですから実際に塩竈に行ったことがない人でも塩竈を使って、鄙の情景を歌に詠むことができるのです。

言葉を瞬時に、相手の気持ちをつかむために読めるのがすぐれた歌人です。相手の気持ちをつかめないと、そのパッションは効果をもちません。

業平も小町も知識ではなく、パッションで言葉を紡いだと言えますね。

魂を鎮めるところ
下出雲寺

真静《しんせい》法師

この小説の後半で真静法師という人物が活躍します。真静法師の名は、『古今集』の中にあります。下出雲寺での法要で、導師をつとめた人として、安倍清行の歌の詞書《ことばがき》に記されています。

そのころ、大きな悩みと不安にとりつかれた小町に、寄り添ってくれたすぐれた人物。けれど、どんなに優れた法師でも解決できないことがあるのです。

「人は念ずるよりほか力無きもの……ただ念ぜられよ」
小町は崩れた面を、上げることもせぬまま頷きました。
「御仏は、見守りおられます。いかにせよ、とは申されませぬ。自ら探せば、道も自ずと拓けましょう」

真静法師の言葉に導かれ、小町は過去の事実と自分の心とに向き合うことになります。

天変地異も非業の死もありました。真静法師がその中心人物となって、小町の悩みも癒やしてくれたのです。

出雲寺は京都の北東、山城国愛宕郡出雲郷にあった寺院です。草創については定かではなく、ここに住んでいた出雲氏の氏寺なのかとも言われています。

当時は疫病が流行し、読経が行われていきます。出雲寺だけではなく、上出雲寺でも読経が行われ、御霊信仰との結びつきが見られます。

上出雲寺は、現在の京都市上京区上御《かみご》霊《りょう》堅町《たてまち》の上御霊神社域内にあったとされていますが、くわしいことはわかりません。

下出雲寺についても、現在の京都市上京区藪之内町に故地が求められていますが、平安時代の資料には記述がありません。

呪いや祟り

嵯峨天皇の時代からは政治犯を殺さなくなりました。その代わり、放逐して島流しにします。時代が変わって、力をもたなくなったら、また帰ってきていいよという赦免をしました。そういうメンタリティーが日本人にはありました。

それは戦国時代になって、殺し合いになっても、相手を立てたり、相手が見事な武人であったと称える気持ちをもっていたり、武士の情けとして続いています。これが日本人の素晴らしいところです。

この当時、力をもっている人だからこそ排斥しなければならないことがありました。

呪いや祟りは、人を殺すので恐れられていましたが、呪うことさえも罪に問われた時代です。

「あの人はこの人を呪い殺そうとしている」

どのようにして証明するのかは疑問ですが、そういう噂を根拠に、捕まえてきて追放しました。罪を着せたのです。

けれど心の中にやましさが残り、死罪にすると祟りが恐ろしいとも思っていたようです。

それゆえ流された先で、非業の死を遂げた人は、神様にしてお祀りしないと都に祟りがあるというわけです。

菅原道真の太宰府天満宮がそうです。太宰府に流されて死んだ道真は、雷神となって都を破壊し、恐れられました。その怒りを鎮めるために天満宮が造られたのです。

下出雲寺に祀られていた何人もの人も、祟りが怖いから祀っているわけです。

放逐された人たちの哀しさを、魂を、鎮めてくれるのが下出雲寺なのです。

下出雲寺がどこにあったかは諸説あり、特定はむずかしいようです。

御霊信仰

太宰府天満宮と菅原道真肖像

不遇なまま死んだ御霊が都のあちこちに雷や星を落とす。突然、雷を落としたりする。これは怖いことでした。

このころは、月はよいものと思われていましたが、星は忌み嫌う対象でした。星が歌に詠まれていないのは、星は落ちるからです。落ちた先はひどい目に遭うという思いがあるからです。

日本人は怨霊を恐れました。生霊《いきりょう》も死霊も、怖いのです。その精神性は、私はある種の雅心《みやびごころ》と表裏一体になっていると思っています。

奈良時代やその前にも権力闘争はあったでしょうが、政敵の追い落としはもっとあからさまでした。御霊の力は平安時代になって、祀りごとに隠微に取り込まれた。目に見えないものに対する畏れと謙虚さが、政《まつりごと》にまで影を落としました。この隠微さと雅《みやび》は、表裏の関係でもあるのです。

下出雲寺は本当にあってほしいなと思います。不遇な霊が安らげる場所として。

下御霊《しもごりょう》神社と一緒になったのではないかという説があり、その辺のことはわからないのです。一〇〇〇年も経つとわからないことがたくさんあります。

一方で神様の最高神は天照大神《あまてらすおおみかみ》でした。伊勢に行くときには、仏教の言葉は使わないようにし、伊勢の言葉で語られていました。そこは意識されていました。

その前の奈良時代は寺が力をもちすぎて、政治に乗り出してきて、これはいけないということで、都を移したのが桓武天皇だったのです。

氏をもらう意味

天皇（帝）の血筋が神であったことは『古事記』に記されています。しかし、平安時代はそういう心情は薄れてきています。帝が神に一番近い人であったかもしれないけれど、その地位を脅かす者が現れます。その反乱者に仕立てられるのを怖れて、氏をもらうのです。

藤原氏とか、小野氏、在原氏という氏の名前をもらうことは、天皇の血筋であっても、天皇の跡継ぎにはなりませんよ、と表明することです。早々と氏をもらうと勢力争いに関係なく安全に生きていけます。天皇になる人は親王だけになります。現在の天皇も何々家はありません。

氏をもらうのは天皇の地位をねらう邪心がないことの表れで、業平も父親が在原の氏をもらって、わが一族の中から天皇を出す気はありませんと表明しました。

天皇との間にできた子供が天皇になると、その親戚が力をもってくるので、右大臣や左大臣の権謀術数が増えていきます。

策略で貶めていき、罪人にして放逐する。そして心が痛むから後で祀る。祀りごとだけではなく、名誉回復をしたり、あとで官位を与えたりして手当てをするわけです。

唐の影響は絶大

唐からどんどん文化が入ってきました。当時は素晴らしいものは全部「唐」がついています。唐橋は、まさに美しい橋、最高の橋を意味します。唐猫もそうだし、唐車は最高級の牛車でした。数えきれないほどの唐がついたものがあります。全部、当時の中国を思わせる最高のものという意味です。

遣唐使を派遣して、大国の唐から多くのものを輸入しました。日本の国力向上や文化の発展にも大きな影響を与えました。技術者や僧も唐へ行き、学んでいます。唐の先進的な政治制度や技術、文化、仏教の経典などを調査して日本へもち帰り、武具を初めとした物品の商取引を行っていました。

莫大な利益をもたらし、日本の発展にも貢献していた遣唐使ですが、唐の国力が衰えると、危険を冒して派遣する意味がない、もう唐には見るべきものはない、学ぶものはないのではないか、もっと日本の文化を大事にするほうがいいと言い出したのが菅原道真です。

そして、菅原道真は平安京が始まってから一〇〇年後の八九四年に遣唐使をやめようと天皇に言います。

唐の制度や文化の輸入を目的とした遣唐使は、二六〇年続いていましたが、結局、廃止されました。その後、菅原道真は藤原氏との権力争いに敗れ、九州の太宰府に流されます。つまり左遷です。

そのころ、唐の国では玄宗皇帝や楊貴妃で有名な安禄山の戦いがあり、

8〜9世紀の遣唐使の様子を描いたとされる絵画

世が乱れてきていました。唐は九〇七年に滅びています。そういう時代に入って、そろそろ唐から引き揚げてもいいのではないかという大変な決断がなされたのです。

もっとも小野篁も唐に行くために乗る船のことで悶着を起こしています。

篁は遣唐使の副使でしたが、二度にわたり渡航に失敗しています。三度目の航海のときに藤原常嗣《ふじわらのつねつぐ》が乗る第一船が損傷し、篁が乗る予定だった第二船を第一船と取り換えて乗船することになりました。そのとき、大使が部下に損害を押し付ける振る舞いに篁は怒り、抗議しました。それも猛抗議です。損傷した船に乗るのを拒否したので、遣唐使の一行は篁を残して中国に渡ります。

これに不満をもった篁は、『西道謡《さいどうよう》』という漢詩を作り、朝廷を痛烈に風刺します。嵯峨天皇は篁を遠流《おんる》の刑に処したのです。

島根にある隠岐に流されました。島に渡るため舟に乗ろうとして、篁はいい歌を詠んでいます。

隠岐の「渡津の入江」

わたの原八十島《やそしま》かけて漕ぎ出でぬと
人にはつげよ海人《あま》の釣り舟

大海原に浮かぶ隠岐の島々を、いざこれより住まう地であると覚悟を決めて漕ぎ出していったと、漁をする海人の釣り舟たちよ、どうぞ都の人たちに告げてください。

漕ぎ出でてのち、ふたたび戻ることが叶いましょうか。大海原の八十島は、悠揚として篁殿を呑み込む広さ大きさ。

百人一首に入っている名歌です。

このときに一族郎党も流されています。

隠岐で篁は歌を詠み続け、その才能の高さに一年あまりで流罪を解かれます。その後、参議という国の要職に出世するのです。

父・篁との和解
笛を吹くということ

血という宿命

篁は小町の母親の大町と愛を交わしますが、結局、都に連れて行く気はありません。平安時代の婚姻関係ですから、篁には大町以外にも女はいました。娘の小町だけを良実に頼んで都につれてこさせます。この時代、美しく才気ある娘は、入内《じゅだい》させて出世の道具にもなるのです。

私がそのときの小町の立場に立ってみると、単に憎しみとか反発だけではなく、好奇心もあったのではないかと思います。都への憧れもあったのではないか。小町は篁と血がつながっているという宿命もある。さらに父親へのコンプレックスがあるのかな、といろいろと想像しました。子供のころからずっと父親と一緒にいれば別ですが、いきなり強い男として現れて、支配的な態度を取ります。若い娘であれば、初めて会う父親が目の前に現れた驚きや戸惑い、怯えもあるでしょう。

そして何より、母親との別れのつらさがありました。

小町は都に行き、篁の野心にも気づきますが、それでも父親しか頼る人がいません。反発を覚えながらも、小町の中に流れている感覚、たとえば笛を吹く感覚、歌を詠む感覚、知性とか才能は、父親から受け継いだものと感じられたのではないでしょうか。

つまり篁と小町には共通するものがある。それを感じながらも反発が生まれてくる。そういう微妙な気持ちの動きがあったでしょう。

小町にとっては逃れられない宿命を感じたと思いますね。

篁は、夜な夜な地下に降りて、冥界であの世の人と交流しているという噂が流れます。小町にとっては異星人みたいな恐れもあったのではないでしょうか。

親子の契り

前にも書きましたが、いまいちど、ここにも書きます。

小町は父親の篁と和解して鴨川の水を一緒に飲むときに、笛を所望されて吹きます。今まで禁止されていた笛をそこで吹くのです。それは何とも言えない性的な禁忌と解放みたいなものにも思えてきます。父親とすれば、どういう気持ちでそれを所望したのでしょうか。

篁は穢れの感覚になじんでいます。だから冥界に降りて行くことができます。小町との穢れの共有という気もします。小町はそれに対して否定的であったのかもしれない。あのころ、鴨川は死体が流れていたと言いますから、その川の水は穢れの意味をもっていました。

平安時代の葬儀は、正式に行うと、死者を本葬するまでのかなり長い期間、遺体を仮安置して、魂を呼び戻すためのさまざまな儀式がありました。それでも魂が戻ってこないと、北向きに枕を変えて、そこから先、殯《もがり》小屋みたいなところ（殯宮《もがりのみや》）に移します。遺体をそこに置き、香を焚いて、魂を呼び戻します。呼び戻せないとわかっていても、殯のセレモニーを行っていました。

その後は、別れを惜しみ、死者の霊魂を畏れ、慰めます。おそらく悪臭が漂って、崩れた体で、見苦しい状態になっていたと思われます。貴族の場合は、それを一ヵ月行う場合もあったそうです。

とにかく殯のセレモニーは大変でした。禊《みそぎ》とは、その穢れを落とすことです。体を洗い、体中に染み付いている死者の匂いを落とします。

篁と小町は一緒に鴨川の水を飲む、つまり清濁合わせ呑んだのです。それが親子の契りだったとも言えます。そこで笛が出てくるのです。

篁が母親の大町に与えた高麗笛を、小町は雄勝では吹いていました。それを都に来ると、篁に女だからと笛を吹くのを禁止されます。女が口を使って音を出すということを避けたかったのかもしれません。手で弾く琴は弾いています。

当時、男が琴を弾く場面はありません。絵の中で琴を弾いているのは女ばかりです。琵琶は琵琶法師がいます。中国の曼荼羅《まんだら》の絵で、天女が琵琶を弾いているのはありますから、手を使う楽器は女が弾いてよかったのでしょう。

小説の中、小町の人生で笛を吹くのはわずか三回。最初がふるさとを離れるとき、二回目が父親との和解、そして三回目が自分を苦しめた男との和解です。この三回の笛には重要な意味があるのです。

小町の歌の変遷

心を打つ歌とは

小町は最初のころは夢の歌ばかり詠んでいます。有名な夢の歌が六篇、『古今集』にあります。小説でも夢の歌が最初に出てきます。

思いつつ寝《ぬ》ればや人の見えつらむ
　夢と知りせば覚めざらましを

あの人を思いつつ眠りましたので、あの方が夢に見えたのでありましょうか。夢とわかっておりましたなら、目覚めることもなかったでしょうに。

これは母親の大町のことを思って詠んでいるのですが、やがて恋の歌として後宮に広まり、引かれます。恋の歌の代表歌となっていきます。歌を引くことはよくあり、この歌を下敷きにした歌なども作られていたようです。

直情的で気持ちがよく伝わります。

最初のころはこのように、そのままの情熱というか思いの強さだけで作っていたものが、長年、歌を詠んでいくと、いろいろな知識が入ってくるものです。知識は使わないともったいないので、歌の中に入れます。掛詞、縁語、歌枕、本歌取りなどです。海のことを思っても、あの海が恋しいという思いだけではすまされなくなっていくわけです。

こうして小町の歌は変遷を遂げていきます。後のほうは技巧的で難解なものもあります。

技巧的なものは人の心を打たない、とあるとき気づきます。小町自身が誰よりもよくわかっていました。ストレートな思いゆえに人の心に入っていく。誰でも同じような思いが根底にあるから共感する。未熟さはあっても、率直な表現は強い。それでも技巧や知識は無視できない。これは芸術家の宿命です。

小説でも、最初に書いた作品が認められている作家はたくさんいます。本能のままに、パッションで書いたものは、人の心を打ち、ストレートに伝わるものです。

小町の歌に対する評価認識を小説でも書きました。死ぬときには、あの最初のころの歌以外に取るべきものもなし、と自ら呟いています。これは小町の歌を評するときに重要です。

会いたいと思い思い寝たので、夢で会えたのだろうか。夢と知っていたならば、覚めないでいたものを、という、女童《めのわらわ》の願いをそのまま言の葉に載せたほどの分かりやすさ。

後に小町は自分の歌をこのように評しています。

歌を詠んで世に出したものは、勝手に命をもって動き始めます。だから恋の歌としての役目をもっていったわけです。これは優れた芸術の宿命とも言える。

また、歌の才能とは何かも小町は自分に問うたでしょう。才能や多くの知識より前に、大事なものがあるのではないかと。技巧を凝らして、知識をいろいろ入れ込んで詠んだ歌よりも、強い思いを詠んだ歌は残ると実感したはずです。それは初期のような率直な思いだけでつづった歌であると小町自身が感じています。

うたたねに恋しき人を見てしより
夢てふものはたのみそめてき

小町は旅の途中で死にかけているときに、夢にすがるように若いころのこの歌を蘇らせます。歌の力を信じることで、小町の最後の願いは叶ったのです。

小町が詠んだ人生を振り返る長歌は、『小町集』にあるものです。故郷に向かう旅の途中で、ずっと書き連ねていたものと思われます。

この世にはもう思うことなき身となりましたという満足の中で逝きます。恋しい母のもとへ。

母恋い

誰もが母を思う

全編で大事なのが母親の存在です。母恋いです。小説に登場している人たちは、母親のお乳を吸って育っていません。昔は基本的に乳母《めのと》が育てていましたから、生みの母は遠い存在です。父はなおさら遠い存在でした。

縄子の妹の奥子が子供を産んだ後、その子を実家において乳母をつけて、奥子は後宮、つまり麗景殿に戻ります。このとき、奥子は赤子を連れて行くことはできません。奥子は今宵の思いを歌にしてほしいと言います。そのときに小町が詠んだのが熾火《おきび》の歌です。思いのままに書きました。

人に逢はむ月のなきには思ひおきて
胸走り火に心焼けをり

恋しい人に逢う術《すべ》もない、月のない闇の夜には、熾火《おきび》の燃えるような思いで眠れませぬ。胸の中を走る火に、心は焦がれ焼けてしまいます。

もちろん恋しい人のことを思って小町は詠んでいますが、これを書くように勧めた奥子の心には、帝よりも産んだばかりの赤ん坊のことを思う気持ちが強かったのではないでしょうか。

麗景殿に戻るということは女に戻ることです。それ以前に母性があると思いますが、早く女に戻ることが求められるのです。それがこの時代の宿命であり、システムでした。女性は子供を産んだ後は、早く帝のもとに戻るのが常だったのです。帝の愛情があってのことですが、まさに男社会です。男と子孫のためが最も大事でした。

この時代は何といっても権力が優先。母性や子が母を思う気持ちは無視された形でした。だから子供を育てるには、よい乳母をつければいいとされていたし、学問のために学士をつけたり、家庭教師をつけたりすればいいと考えられていたようです。

もっともこれは男の子に対してで、ほとんどの女の子は、学ぶ機会はありませんでした。

ある位になると乳母が三人も四人もいました。それだけ母乳が必要でした。当時、粉ミルクはないので、何人も雇わなければならなかったのです。そこに乳飲み子同士の兄弟、義兄弟の関係も生まれてきます。これは『源氏物語』にも出てきます。

実の母の存在は遠いのですから、どうしてもすべての人に、母恋いの要素は濃く残されたのではないでしょうか。

直接、育ててもらっていないのに、実母を恋うのは本能的なものです。

血が騒ぐのです。遠ざけられても血は流れていますから愛着もあります。

とりわけ哀しい死を遂げたり、引き裂かれたり、排斥されるという境遇の中では、産んでくれた母に対する強い思いは残るものです。

篁も夜な夜な冥府に降りて、母に会っています。篁にとっても母恋いはありました。

多賀城で母と別れた小町もそうです。

誰もが母を思う気持ちは強いのです。小説の主要人物、みんな母恋いの人と言ってもよいでしょう。

鄙《ひな》と都

コンプレックス

小町より少し後になりますが、後宮では根合わせが行われていました。菖蒲をもち寄って、どちらの根が深く長いかを競争し合う遊びです。左大臣側があんな長い根の菖蒲を見つけてきたから、右大臣側はもっと長いのを探そうというように、競争をして遊んでいます。

小町が都に出てきたときに、小野貞樹にこう言われます。小野貞樹は同族の男。

「陸奥《みちのく》の一本《ひともと》の花、これより先の頼みもございましょうが、一本を束《つか》になさるなら、さらに頼み多きことにございます」と扇の内にて嘲《あざ》み笑うように申されたのを、小町は深く覚えおりました。

これは田舎の女は十人くらい束ねないと一人前にはなりませんと言っているのです。このとき篁は、「いやいや、女はそんな見た目じゃない、表面ではなくて、鄙の女は根が深いよ」と雄勝の大町のことを言っている場面があります。

その後、貞樹は地方に国司としてやられてしまいます。根合わせにたとえたときの貞樹の発言を小町はよく覚えていました。「鄙の女だとバカにしたわね」ということを。しっぺ返しをしました。

菖蒲の根合わせの様子

今はとて我が身時雨《しぐれ》にふりぬれば
言の葉さへに移ろひにけり

お別れです。私の身も時雨が降るように古びてしまいました。あなたが見た昔の私ではありません。野や山の木の葉ばかりでなく、あなたの言の葉さへも、すっかり色が変わり、褪せてしまいました。ときが移ろっていますから、と歌い、文には「都だけが花ではありません。私の故郷の雄勝にも花は咲きます。どうぞよい旅を」と書き記します。

小町には鄙に生まれたコンプレックスがありました。地方から出てきた場合、このころの落差はとても大きかったのです。

五十年以上前の私でさえ、地方から東京にきたときは落差を感じました。当時、都と鄙の差は大変なもので、男が都を去るショックは大きかったのです。

平安時代は都ぶり、都様式への憧れが強かったですから、都から鄙へ行くことを、「都落ち」と言い、都から地方に落ちると受け止められていました。

しかし地方に行くと、一財産稼げました。天下《あまくだ》った地方ではそれなりに権力をもちます。

都の暮らしぶりとは全然違うし、文化も違います。都に暮らしているときは、地方蔑視だったのでしょう。

権力と財力、それが後々の歴史上の話では、武士が台頭してくる理由にもなっていきます。財を築いていく受領《ずりょう》に対して、現地の農民たちは組織を作りました。都の担当者にお金を渡すかわりに、この土地を受領の采配から外してくれとか、自分たちの所有の土地にしてくれとか、そういう話がどんどんもち上がり、それが武士の台頭につながっていきます。

この時代、受領というのは実際に現地に行けば、その土地からの収益が入ります。でも、都の人たちの、少なくとも朝廷の中枢にいる人たちから見れば、位が低い下層貴族にすぎませんでした。

故郷は誰の心にも残るものだと思います。現在も地方から東京に来ている人で、故郷に親や兄弟が住んでいると、望郷の念は実感としてわかるでしょう。小町は最後には雄勝に戻ろうとします。母・大町のもとに帰って、この世から旅立ちたいと願ったのです。

出家というもの

石上寺《いそのかみでら》

行脚して歌を詠む

小説の登場人物で出家しているのは僧正遍昭とその子素性《そせい》法師です。遍昭は仁明帝が亡くなったショックから、家族にも言わずに家を出て行ったらしい。

出家すると、権力から離れて、貧しいながら風流を楽しめます。行脚して歌を作りながら隠遁する。流離譚、貴種流離の姿と言ってもいいでしょう。

最後には遍昭が雲林院を預かり、そして息子の素性法師を若くして出家させています。息子には宮仕えの苦労をさせたくなかったのかもしれないと私は思っています。

素性法師は素晴らしい歌人になり、多くの歌を『古今集』に採られています。

あのころは、お山といえば比叡山、寺は三井寺《みいでら》を言いました。三井寺は別名を園城寺《おんじょうじ》と書いてありますから、当時の園城寺《おんじょうじ》だと思います。

この二つは政治的な力も多少はもっていただろうと思われます。

遍昭は、都で蔵人頭《くろうどのとう》になって、仁明帝に仕えたキャリアをもっていますから、遍路して諸国に行っても大事にされます。出家後に小町と歌をかわした石上寺《いそのかみでら》でも、ある程度の時間逗留《とうりゅう》していたのかもしれませんね。

この時代、男ばかりでなく女も出家していたと思われます。髪をおろして坊主にするのではなく、肩ぐらいの長さで髪を切っていたようです。

昔は長い髪が女性の象徴であったし、男が訪ねてきたときに、香りと髪の手触りで女性を感じていたでしょうから、坊主にするのは少々無残です。肩ぐらいの髪型も残っているところを見ると、女性を卒業した姿として受け入れられていたのでしょう。

小説の中で、遍昭と歌をかわした石上寺の場所はいろいろな説があり、断定できません。

石上寺《いそのかみでら》とは

大和国山辺郡布留《ふる》、現在の奈良県天理市布留町にある天台寺院。場所については諸説あります。

『後撰集』に僧正遍昭が住む石上寺を小野小町が訪れて、歌の贈答をすることが書かれてあります。小町が実在したことを示す史料として知られています。

『略記』には布留滝御覧に詣でた宇多上皇が、布留の良因寺に隠棲する素性法師を召すという記述があります。

『三代実録』には石上神宮寺建設中の記事があります。

石上寺、良因寺、石上神宮寺はみんな同じ寺だと思われます。

石上寺は早くに衰退して、現在は薬師堂一宇を遺すだけです。

ここも一〇〇〇年を越す時間を感じさせますね。

生活の中の仏教信仰

檀林《だんりん》皇后（橘嘉智子）は嵯峨天皇の皇后であり、檀林寺を作ったので、そのように呼ばれていた女性で、仏教の意味を深めていったと伝えられています。

仏教は奈良時代には国家護持、つまり国を守るための思想でした。平安時代になり檀林皇后は、仏教に帰依して、学校を作ったり、浄土への憧れを具現化した寺院を作ったりしました。そして人の生き方や慈悲の心を、仏教に引き寄せたのです。

檀林皇后はとても美しい人でした。しかし死後、体を野に晒し、野犬や鳥に食べさせ、それを絵に描かせて、人が果てるとはこんな姿になると示したと言われています。生きている間の色欲も、結局はこんな姿を愛しているということを世間に訴えた人として、その名が残っています。

国家護持、国のためというのは男の思想。それに対して人間の生き方を示した檀林皇后は女性そのもの。皇后の生き方に小町は心動かされたと思います。

国家護持のための仏教だったのが、少しずつ檀林皇后などによって、人間の実相を知り、仏教が人の生き方につながっていったのでしょう。その時代の中で、小町も成長して、人間の理解が深くなっていったと思いました。

だから、折ごとに、「これも御仏のお心」と私は書きました。運命を御仏の心という風にして受け入れていたのではないかと思います。

檀林皇后が率先して生き方を示すと、厳しい天変地異の中で、個人個人の苦しみからの解脱をどのように考え受け止めるのか、女性も考えるようになったと思います。

女は男たちが構成する国家の付属物みたいな受け止め方でしたから、独立して生きるのは厳しかったでしょうが、しだいに女性が文化の担い手になっていくにつれて変わっていきます。

宿世《すくせ》という言葉も小説にたびたび出てきます。御仏のお心だからしようがないという受け入れ方です。

このころは空海が唐からもち帰った密教が広がった時代。人々の生き方に関わってくる思想です。空海は弘法大師として関東にも行っていますね。

今でいう何教、何宗というのが成立するより少し前のことです。さまざまな思想が下々に行き渡る段階にあったのではないでしょうか。

小町も雄勝から小さな薬師如来を都にもってきています。それを麗景殿では、局の片隅に安置しています。このようなことは一般的だったと思います。

寺は奈良時代に強い権力と結びついていました。奈良の東大寺や興福寺、古くは飛鳥寺も権力をもって、朝廷にも影響を与えていたのです。

その例のひとつとして、道鏡という僧が孝謙上皇（東大寺を建てた聖武天皇と光明皇后の娘）を操っていました。道鏡は河内国若江郡（現在の八尾市の一部）出身の僧で厳しい修業を積み、修験道や呪術にも優れ、孝謙上皇の病気を治したことから重用されるようになっていきます。

桓武帝はこのような寺の勢力を削ぐために、都そのものを平安京に移しました。京都に移したモチベーションは主にそれがあったらしいのです。

だから平安京を作るときに、京都には東寺と西寺しか置かなかったわけです。現在は東寺しか残っていません。

寺は都の中ではなくその周辺に園城寺（三井寺）、音羽山には清水寺。南に離れたところにもいくつかのお寺があり、物詣《ものもうで》ができました。

一番近いのが清水寺ですが、そういうところに、女性たちは物詣と言いながら遊興し、楽しんでいたようです。

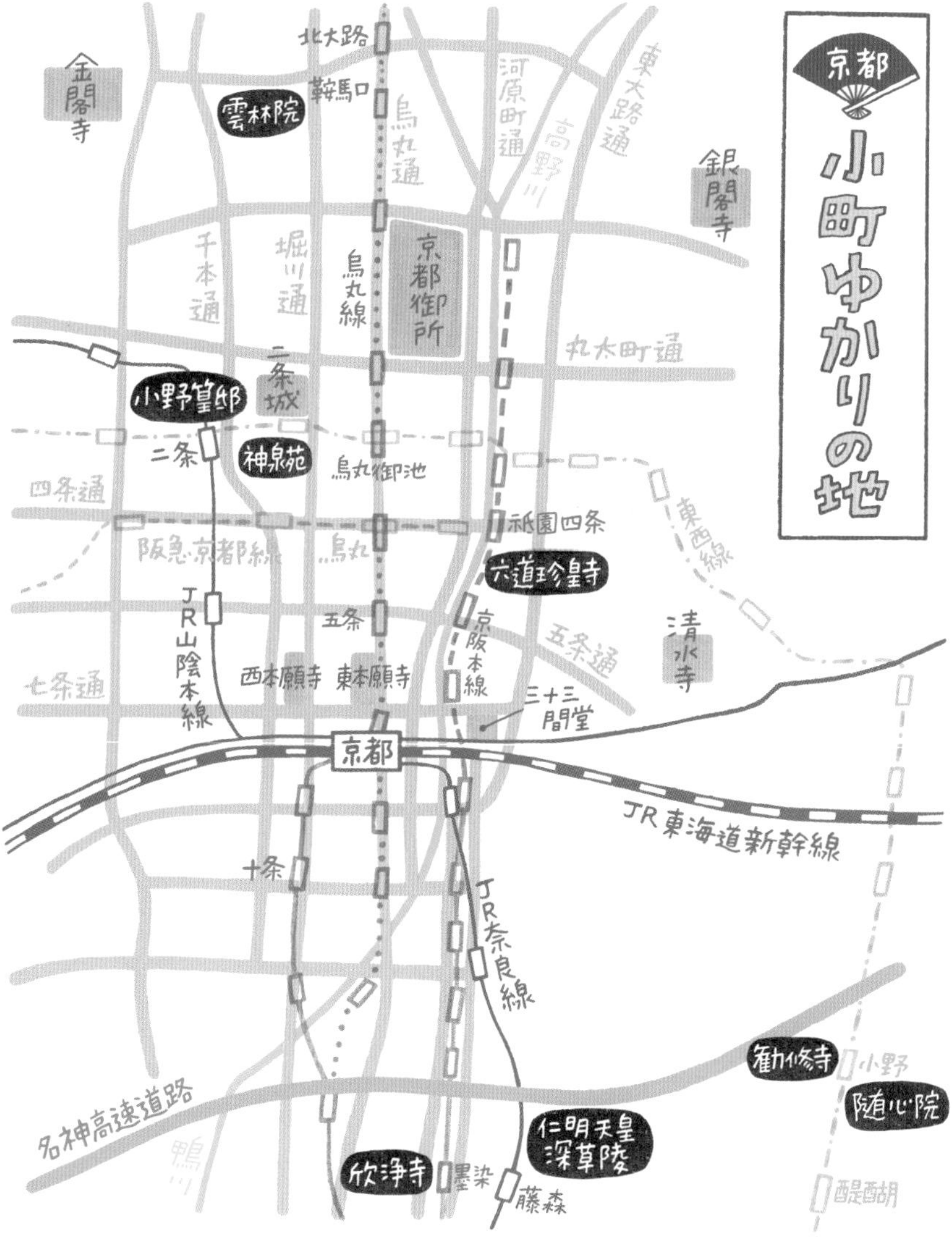
京都
小町ゆかりの地
北大路
鞍馬口
雲林院
金閣寺
烏丸通
河原町通
高野川
東大路通
銀閣寺
千本通
堀川通
烏丸線
京都御所
丸太町通
二条城
小野篁邸
二条
神泉苑
烏丸御池
四条通
祇園四条
阪急京都線
烏丸
六道珍皇寺
東西線
JR山陰本線
五条
京阪本線
五条通
清水寺
七条通
西本願寺
東本願寺
三十三間堂
京都
JR東海道新幹線
十条
JR奈良線
勧修寺
小野
随心院
名神高速道路
仁明天皇深草陵
欣浄寺
墨染
藤森
鴨川
醍醐

イラスト／田村記久恵

平安時代の暮らし

日常生活

当時、女性は寝殿造りの建物の広い部屋に、几帳で間仕切りした局《つぼね》をもっていて、そこで寝泊まりしていました。お風呂にも四、五日に一回しか入りません。

寝殿造りは、夏は暑いし、冬は寒い。資料には、食事、排泄の記述がありません。人間の自然の行動ですが、それらは見てほしくない、見たくないものだったようです。

伊勢斎宮で何を食べていたかは、資料が残っているのでわかります。当時、国内には六十ヵ国ぐらいあり、そこから貢がれるものが伊勢湾に入ってきました。それが伊勢斎宮に集められていたのです。資料によると意外に豊かだったようです。

アワビはよく食べていたし、海のもの、海松《みる》、海藻、貝などもよく食べられていました。海松は歌にもよく歌われている海藻の一種。貝塚が各所にあることから、貝からたんぱく質を摂っていたと思われます。動物たんぱく質でも、いわゆる白い肉、雉《きじ》などは食べていたらしい。いわゆる命を殺生して食べないのは仏教の影響です。仏教が

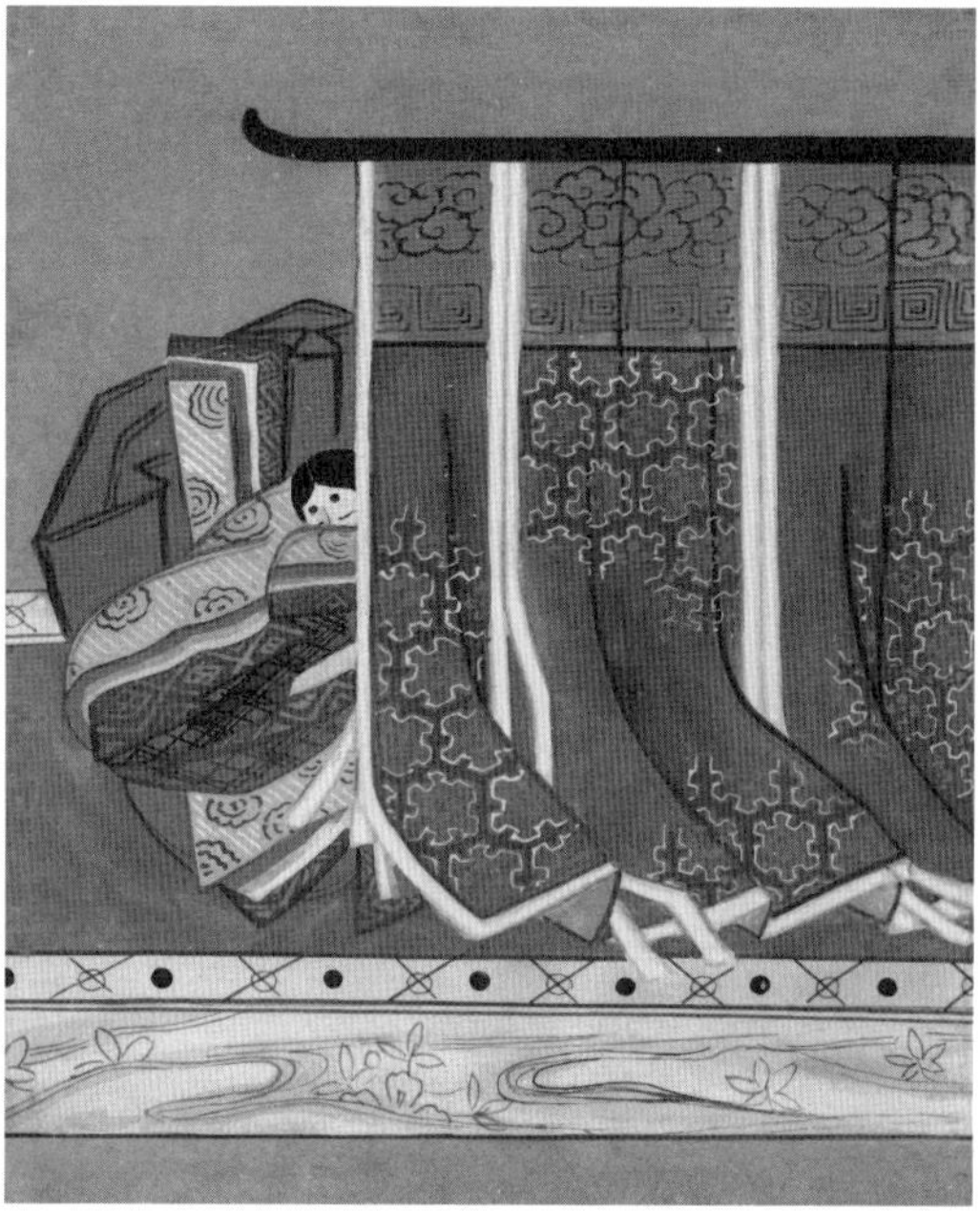

斎宮女御の肖像。
几帳は当時の欠かせない品だった

入ってきて殺生が禁じられました。

業平は中央の勅使として近隣の国々を回っています。ある種の密偵です。謀反とか起こさないように、密偵を兼ねて猟をして歩いています。いろいろと様子を見に行くお役目があったのです。

清和帝の時代から殺生が禁じられるようになりましたが、貴族の狩りは続いていたのではないでしょうか。

高貴な人間は、血は不浄だからという理由で、狩りで捕らえた獲物を食べなかったとも言われています。

陰陽師《おんみょうじ》の存在

陰陽師とは古代日本の律令制下で中務省の陰陽寮に属した官職の一つです。中国古代の陰陽五行の思想に立って、天文学、暦学、易学、時計などもつかさどった日本独自の職でもありました。中には神職の一種のように見られる者もいたと言います。

小説の中で、なにかにつけて陰陽師が登場します。亡くなったときのセレモニーも陰陽師が葬儀の日程を決めて、御霊を見送ります。葬儀までは寝かせておくなどと決めていました。

だけど篁はそういうことに従わず、自分が死んだらさっさと始末してほしいと言っています。この強い意志は篁らしいところです。呪術を信じていなかったのではないでしょうか。それでいて、自らは夜な夜な泉下に下りて、死者と会っていたというのですから、不思議な人物ですね。

陰陽寮という役所がありました。今の厚生省のようなところだったと思われます。人々を動かすために必要だったのでしょう。

当時、地震、干ばつ、洪水など天変地異が起きています。地震の予知は今も難しいけれど、あのころは、まったくできなかった。だから陰陽師の存在は大きかったと思います。

このころも日本人独特の大自然への「畏れ」がありました。人間がコントロールできないものは怖ろしいですから。これはアニミズム、つまり、生物、無機物を問わないすべてのものの中に霊魂、もしくは霊が宿っているという考え方からきています。それは日本人の謙虚さでもあると思うのです。

今の日本人は恐れを知らないように感じます。恐れを知らなくなったのは経済の合理性と科学の影響でしょう。目に見えないものに価値を置かなくなってきました。目に見えないものを昔の人は敏感に感じられたと思います。

何より今の日本人の多くは真の闇というものを知りません。闇を知らなければ光のありがたさも判らないと同じです。

当時の闇は、魑魅魍魎《ちみもうりょう》、怨霊などが一緒にうごめいていて、わずかな距離さえ測れない真の闇というものがあったと思います。だからこそ、月は男女にとって道しるべとなったのです。

そうした場面も私は小説に書きました。小町が麗景殿に再度入っていたときに、月の話が出て、小町が歌を詠んでいます。

人に逢はむ月のなきには思ひおきて
　胸走り火に心焼けをり

恋しい人に逢う術《すべ》もない、月のない闇の夜には、熾火《おきび》の燃えるような思いで眠れませぬ。胸の中を走る火に、心は焦がれ焼けてしまいます。

「……真《まこと》に今宵は月もありませぬ」

と奥子様が申されると、傍らの縄子様も深く息を零《こぼ》されます。

「……小町殿は、このような思いの煙《けぶり》立つ歌も詠むのですね……胸走る火に心焼けるとは……」

と縄子様。

別の若い女房が、膝にて急ぎ進み出て、いささか高い声にて申します。

「……月のないのは、それほどまでに……」

別の女房がいくらか低い声で、

「月とは、人と逢う手立てのことを示してございましょう。逢う手立てのない夜ゆえ、熾火はより激しう猛《たけ》り、胸走ります」

月のない夜というのは、人と逢う手立てがないのだと言っています。

けれど未熟な女房は月の役割がわかっていない。つまり月は男を導いて女のところに連れて来てくれるもので、そういう意識で月を見上げていたのです。

月のない夜、闇夜は真っ暗闇、漆黒《しっこく》の闇だったと思うし、その闇の中には、人の恐れが蠢《うごめ》いていたという気がしてなりません。

さぞ怖かったでしょう。闇は恐怖です。その闇には人の心の中の魑魅魍魎も放たれているわけです。

闇を知っていたということは、人を謙虚にさせていたとも言えます。

平安人は闇から怖れを知ったのではないでしょうか。現代人は真の闇を知りません。どこが山の端かわからない経験はないと思います。どこかに明かりがついていますから。

私はダイビングをしていたので、シナイ半島の先端、シャルム・エル・シェイクに行ったことがあります。そこは出エジプト記で、モーゼたちが約束の地を目ざして歩いた場所だけど、本当に何にもないところでした。そこの岩山に行って、すべての人工の明かりが消えたときに、闇ってこういうものかという経験をしました。地面さえわからない。どこに立っているのかもわからないような、まるで宇宙の中に浮かんでいるような心地がしました。

その状況に置かれると人の言葉とか声とかが懐かしくなります。誰かが声を上げたらホッとする、言葉をかけられたらしみじみと自分の中に入っていくような経験でした。

私を取り囲む全部の闇に、実は自分のすべてが映されていくような感覚がしたのです。

平安の人は、このような体験をしていたはずです。そうすると自分の中の悪意や悪霊というものは、自らの恐れになります。恐怖をもっていたら、何かよからぬことが起きるかもしれないという気持ちにもなるのです。

これは神や仏を恐れる以前の生理的な何か、生きものとしての謙虚さというのか、恐れ怯えみたいなもので、そのまま闇の中にあるのだと思いました。

自分を見つめることになるし、自分そのものが、この真の闇のように思えてくる。その真の闇の中に、自分のいろいろな思い、いいことも悪いことも全部が闇の中に抽出されて、浮かんでいるような気がしてくるものです。

歌とか、文の言の葉が闇の中で蘇ると、意味を深めて伝わっていたはずです。

だから闇と言の葉の力はつながっています。言の葉が人の心に染み込むためには闇も必要。これが平安時代の本質なのです。

小町はどんな女《ひと》だったか

作者がそれを開示するのは野暮なことで、すべては読者が感じるものだと思います。ただこれだけは言えるのではないでしょうか。小町は宿《すく》世《せ》として天から与えられたすべてを受け止め、恨まずめげず、困難を糧《かて》として最後まで成長し続けた、ということです。美しく才あるだけでなく、強く大きな女《ひと》だった。

表面的には才気に恵まれ、大成功をとげた人生に見えますが、良く目を凝らして読んで頂けば、小町は「耐えて」「忍んで」「赦《ゆる》して」その結果、「歌の栄光」を得たことがわかります。いかに耐え、いかに忍び、いかに赦して「平安のトップランナー」が生まれたかを、小町の人生に寄り添い、ぜひ知っていただきたいのです。

小町が生きた時代の不自由さを思えば、我々がどれほど恵まれているかが判ります。私たちも言の葉の力を信じ、闇に向かって一歩一歩、進んでいきたいものです。

第三章

対談

叶わぬところにあはれがある

髙樹のぶ子×歌人・小島ゆかり

歌からひもとく大胆な試み

小島　小野小町を小説にすることはむずかしいと思います。いわゆる小町伝説を妄想で膨らませて書くのは、作家であればできると思いますが、今回はその伝説を取り払って、リセットして、小町を描かれた。小町の歌を手がかりに、小町像を探っていくのですから。

以前、お書きになった『小説伊勢物語 業平』のときも歌を大事にして物語を書かれた。業平の場合は、『伊勢物語』があるし、『古今集』の歌でも詞書《ことばがき》がたくさんあります。だから、歌をシャッフルするむずかしさはあっても、資料は割とあるんです。

残念ながら小町は、『古今集』十八首、『後撰集』に四首あって、その四首も小町が詠んだかは怪しい。

髙樹　小町の資料は歌だけで何もないから、歌をもとに、時代に添いながら物語を作るしかありませんでした。

小島　歴史上の人物の小説の場合、多くは実像をもとに出発して、物語を作り上げていきますが、この『小説小野小町 百夜』は逆で、歌を探りながらフィクションとしてでき上がった。歌をもとにしたフィクションによって逆に、小町の歌人像、実像に近づいていくことに、私は歌人として、最も感動しました。とても大胆だし、画期的です。

髙樹　まさにそのとおりで、大変な冒険です。こんなことやっちゃったという感じはありますね。

後の世に作られた観阿弥・世阿弥の能楽に、美人で才媛の小町が零落した姿があります。なんだかひどい目に。そのあたりのことが、私は長い間、なぜそこまで貶《おとし》めるのかと気になっていました。

すごい輝きをもっていた人間が、美しさゆえに男を突っぱねて零落するのはドラマチックだとは思います。夢幻能に出てきて、恨みを伝えるには都合がいいのかもしれないとは思います。

でも、私はその伝説は否定したいと思ったんです。だから小町救済というか、私の思いを打ち出したというか。

小島　「通小町《かよいこまち》」と「卒塔婆小町《そとばこまち》」が人々に知られるようになりましたから、その印象が強いですよね。

髙樹　小説には、私の思う小町を書くのですが、『古今集』の十八首の歌の作られた順番もわかっていない。

小島　説はいろいろとありますが、わかっていません。歌を頼りに小町像を作り上げるのは至難の業《わざ》です。

髙樹　歌を読み込んで、その思いを私の中で反芻《はんすう》していると、「ああ、これはこのときだ」と思えてくるんです。

例えば夢の歌は前期にしました。そのころはストレートに気持ちを表現します。後期になると、掛詞《かけことば》などのテクニックを取り入れて、知識を駆使して歌を作っている。最後には直接的に詠んだほうが伝わると、小町なりに学んだんじゃないかなという気がしました。

小島　おっしゃるとおり。『古今集』では紀貫之をはじめとした編纂者が、恋一から恋五というパターンを決めて、そこに歌を入れていくので、小町の心の流れとは全然違う編集をしています。しかも詞書も何もないから、いつ、どこで、どういう感じで作られたかもわかりません。

ただぼんやりわかるのは、多分、掛詞が多用されていくのは、明らかにひらがなの発達したときに、仮名文字が使われたからです。つまり、万葉仮名は漢字で表記しているので、掛詞はできないんですよ。一字一音だから。

髙樹　なるほど。

小島　ひらがな文化は、だいたい九〇〇年代ちょっと前ぐらいなので、ちょうど小町が歌人として頭角を現していく時期と一致しているんですね。だから小町の夢の歌あたりは、その前です。

『古今集』も三部に分かれます。一部は唐風です。『小説小野小町 百夜』でも出てくる小野篁《たかむら》とか、小町のおじいさん・小野永見《ながみ》とかは国際人で、中国文化を輸入して紹介した。それをとてもよきもの、立派なものとして、みんなが重きを置いていていました。

でもその次に六歌仙の時代がやってきて、その六歌仙時代と、ひらがながが普及していくときが、だいたい時期が同じですね。

髙樹　僧正遍昭、在原業平、文屋康秀、喜撰法師、小野小町、大友黒主の六人が六歌仙ですから。

小島　小町もひらがなを使えるようになってからは、掛詞をたくさん使って歌を作っています。ひらがなの効用をおおいに楽しんだと思うんです。だけど、やっぱり小町は歌人だから、レトリック（ことばを巧みに用いて効果的に表現すること）をくふうしながら、それよりも大事なのは心の表現だと思っていたはずです。

髙樹　私、今、目からウロコだったのは、掛詞はかなの発展と関係しているんですね。

小島　かながなければ、掛詞にならない。

髙樹　かなの前は万葉仮名だから、平安の最初のころは直接的な思いを詠った。

小島　そうです。『万葉集』の時代までは、序詞《じょことば》なんですよ。枕詞があって、序詞がある。枕詞がだいたい五音ぐらいまでで、それを超えるフレーズになると序詞、万葉仮名であっても、それ全体で次の言葉を引き出すわけです。

高樹　だから三節ぐらいまでは、ただの序ですというのがいっぱいありますね。

小島　そうです。掛詞は、たとえば「あき」に季節の「秋」と「飽き」をかけるとか、「うきよ」に「浮世」と「憂き世」をかける。となると、ひらがな以外ではありえない。

高樹　「うき」も「あき」も耳から入ってきたものを、自分の中で文字を二つ想像して解釈する。だから耳の作用は、ものすごく大きくなるわけですね。

小島　古代から歌は聞くものですから、歌人は耳を鍛えられています。しかし掛詞になると、歌も複雑になりますから、人間自体が古代から少しずつ複雑になっています。

　もちろん受け取る力も育っていったのですね。例えば『竹取物語』と『源氏物語』を比べれば、人間がどれほど複雑になってきたのかよくわかります。人間の感性も、時代とともに成熟していった。その途中に優れた歌人たちが出てきて、歌を詠んだということだと思います。

恋の歌を愛の歌に昇格させた

小島　小町は、歌人としては、十八首しか歌がないのにチャレンジャーでして。

髙樹　小説は、私が考えた内容に合う順番で歌が出てきます。最初は夢の歌。子供でも思うようなシンプルな思いから始まります。その根本には母恋いがあるはずだと思ったからです。私、小町の若いころの歌として入れるのには、すごく迷ったんです。

小島

思ひつつ寝《ぬ》ればや人の見えつらむ
　夢と知りせば覚めざらましを

ですね。

髙樹　あの人を思いながら眠ったので、夢に出たのでしょうか。夢とわかっていれば、目覚めることもなかったでしょう、という歌です。

小町が生きている間も、内裏では恋の歌と見なされて、流行ったらしいけれど、それを、恋の歌ではなくて、母恋い、母を思うところに置くのに、すごく勇気が要ったんです。

小島　そうだと思います。

髙樹　この小説にはあちこちに母恋いがあります。小野篁も良実もそうです。私はこの小説を最終的に母恋いにもっていきたかった。恋はどこかで壊れて消えてしまうものです。でも、母恋いはずっとつながると思ったから、思い切って母を恋うる歌と解釈して、最初にもってきました。

小町の歌を知っている人は、「どうしてここに置くの？　この歌をもう使ってしまうの？」と思ったことでしょう。あれは、私の勇気だったのです。（笑）

小島　そこです。この小説の構成で、「思ひつつ」の歌の使い方がうまい。最初は母恋いですが、最後にまた恋の歌に収斂《しゅうれん》されていきますよね。

古代記紀歌謡あたりから歌が始まっています。歌は元々、相聞《そうもん》です。つまり愛の表現です。

歌が呪《じゅ》的な役割をもった時代、つまり、人為を超えた祈りや願いをこめた時代には、歌の言葉だけが神と会話できるというので、額田王《ぬかたのおおきみ》のような歌巫女《うたみこ》がいました。歌の言葉というのは、人を愛する気持ち、亡くなった人への悲しみの気持ち、自然を讃《たた》え、畏《おそ》れる心、それから大いなる神への祈り、そんな思いを伝えて、無言の思いも言葉を発して思いを受け取ります。歌というものは愛の表現なんですよ。

私がとても感動したのは、恋の歌だと言われているものを、愛の歌まで昇格させたからです。

髙樹　恋は終わるからね。

小島　愛は終わらない。

和泉式部に

つれづれと空ぞ見らるる思ふ人
天降《あまくだ》り来むものならなくに

という有名な歌があります。

ぼんやりと、自然に空を見てしまうわ。恋しい人が空からくだってくるわけでもないのに……という歌です。

このころ、敦道親王《あつみちしんのう》を亡くしたので、多くの人は親王への哀惜の歌だと解釈しました。

高樹　和泉式部はたくさんの恋愛をしたので、奔放と言われているけれど、愛の人です。

小島　冷泉天皇の兄弟の皇子と和泉式部はいい仲になって、お二人ともすぐに死んでしまいます。おそらく弟宮の帥宮《そちのみや》のほうとより激しい恋をしたと思うんです。その人が死んでからの歌なので、哀悼の歌であり、恋の歌だろうと言われています。

いい歌は、言われている解釈を突き抜けて普遍性を帯びると思います。

これは私が長く歌を詠んできた実感です。

この「つれづれと」の歌は、前に言った解釈を伏せておくと、自然に空を見てしまうその恋しい人は、亡くなったお母さんでもいいし、祈りの対象である神だっていい。

髙樹　愛よね。

小島　そう、愛なんですよ。だから恋の歌と言われているけれど、飛び抜けて優れた歌人が作る歌は大きな歌になる。それと同じことが、この「思ひつつ寝ればや」という歌にもあります。ちょっと悔しいことに、そこを歌人でもない髙樹さんが、直感で小説の中のいい場所に置いたんですねー。

髙樹　だけど小町は恋の対象として、叶わないと、散々、貶められる。美しい女で才媛。それは男の目なんですよね。

小島　そうです、そうです。

髙樹　だけど、恋に終始するのではなく、それを超えるものが人間を支配しているというか、大きな人間を描きたかった。男の見方ではなくてね。女こそ大きい悲しみを抱えながら、生き抜いていく。そういうものが私自身の中にあったから、流通している解釈ではなく、そうせざるを得なかった。

小島 古典の解釈では、いろいろな面で学者さんのお世話になっていますけど、生身《なまみ》の小町をイメージしたとき、髙樹さんが直感的に感じ取る小町像が、私が歌を作る人間として、想像する小町に一番近いと思いましたね。もちろんこれも直感でしかないですけど。

髙樹 本当に？ 嬉しい。

小島 私が小町の歌を繰り返し読んで感じていた小町像は、とても新しかった。

たとえば紫式部が書いた『紫式部日記』に、和泉式部は、すごくはしたない女だし、好きじゃないけど、歌はいいいと称賛しているんですね。和泉式部の歌の力は、紫式部には見えていました。

髙樹 それは単に上手というのでなく、大きいものがあると。

小島 もっと力がある。突き抜けていく力があるから、今も生きて、残っているんですね。

髙樹　結局、そこなのよ。こういう歌がなぜ、一一〇〇年も昔から今まで生きてきているかって。

恋の歌が残るのは、いつの世も男と女は恋をするから通じるものだという認識があります。純粋に心情を歌っているだけではないから、もっと深いものがあるから歌が生き続けている。

小島　恋は個別のもので、一人ひとりの恋がどうだろうと興味ないでしょう（笑）。誰がどう思っていたっていいのですから。それを超えるものがあって、初めて恋の歌が享受されて、受け継がれていく。

禁忌の恋

小島　私が感心したのは、この小説の中で小町の相手に僧正遍昭を選んだことです。髙樹さんが小町の歌を、どれだけ深く読まれたかがわかりました。

私も小町の夢の歌は、多分、若いころだと思います。なんか果たされない恋なんですよね。要するに禁忌の恋だろうと。

髙樹　夢の中でだけで。

小島　夢しか逢えないから。で、禁忌の恋の相手は誰かと考えたときに、最たる相手としては帝が思い浮かぶ。『源氏物語』でもそうですし。小町の周辺の歌の贈答をした人たちを見渡してみると、最も禁忌の相手が、帝の蔵人頭《くろうどのとう》だった人ですよね。蔵人頭は秘書室長みたいなものだから。

髙樹　そうです。帝に一番近い人。

小島　蔵人頭は、機密文書とかプライベートも握っていた人で、側近中の側近です。その人と、帝からお召しがあった女性が……。小町の周りにちらほら影がある男性の中で、この遍昭を相手に選んだ。遍昭と小町が恋をしたなんて資料はどこにもないですよ。

髙樹　ないんです。（笑）

小島　髙樹さんが、小町の恋の相手として描き切ったのは、やっぱり夢の歌の中から感じ取った禁忌性ですよね。それを実現させる。私は「おお、なるほど」と感心しました。

髙樹　直観です（笑）。小町が召された仁明帝は……。

小島　病気がちですが、在位は長い。

髙樹　歌や香が栄えた時代でもあるから、仁明天皇の功績は大きいんだけれど、機微には疎い人だったかもしれないと思いますね。

小島　多分、この平安時代あたりから中世にかけては、僧侶の歌人の存在というのが、政治の世界にも影がチラッと動くし、その和歌は、和歌史の中にも非常に大きな役割を果たしていきます。

髙樹　百人一首でも僧侶がいっぱい出てきますね。

小島　私は遍昭よりも素性法師のほうが歌人としては優れていたと思います。

髙樹　私もそう思います。遍昭も息子の素性法師も優れた歌人で、感性と愛の豊かな親子だろうと思いましたね。物語の最後にお父さんをフォローする息子を登場させたかった。その父と子に流れるよきものは外したくなくて。

小島 遍昭は位があった人だから、この小説に書かれたように、満たされないもの、我慢したものが、僧侶としてのある格をもっていたということがわかります。

最後に素性法師が、お父さんが隠していた歌を出します。

人恋ふる心ばかりはそれながら
われはわれにもあらぬなりけり

これがね、『後撰集』の詠み人知らずの歌なんですよね。

高樹 そうなんです。よくそこまで調べていただいた。

小島 私、あの歌を読んで、遍昭にこんな歌ないよなぁ、って思って調べたんです。時代的に考えれば、『古今集』か『後撰集』なので、見ていきました。当然、扱いからいって、詠み人知らず。そうでなければあのような扱いはできないから、詠み人知らずの歌を読んでいくと、ありました。

高樹 私は、小説でも詠み人知らずとして残されていくという扱いにしました。

小島 物語上、遍昭として名前を残してはいけませんからね。多分、本当の作者も、ＯＫと思っていますよ（笑）。遍昭がこっそり歌ったとして、この小説の中であんなにスポットライトが当たるんですから。

高樹 だけど歌そのものが、恐らく汗まみれの僧衣に包まれて置かれていて、遍昭が亡くなってから引っ張り出されて、息子の素性法師によって小町に手渡される。ここにもね、私、歌の生命を示したかったんです。

小島 歌でなくてはありえない。

高樹 そう。心というのは生きていくと遍昭も信じていて。でも「渡すな」と言い残す。

小島 「渡すな」ってことは「渡せ」ってことで。（笑）

高樹 思いをそうして吐き出さないではいられなかった。

小島 そうですよね。素性が歌詠みではなかったら、渡さなかったでしょうね。歌詠みだったから、「もののあはれ」を知る人だから、渡した。そこですよね。

髙樹　そこです。素性法師は若くして仏門に入って出家した。世事に迷わされていない。ちょっとかわいそうではあるけど。

小島　いやいや僧になったみたいで。（笑）

髙樹　それゆえ、父親の、遍昭の思いをわかる人になったんだろうなぁ、と。

小島　そう思います。

髙樹　平安時代、権力者もいっぱいいるけれど、私は優れた人というのは、やっぱり歌を歌える人、そしてそれを残せる歌人だと考えます。

小島　それは髙樹さんが文芸の人だから。（笑）

髙樹　やっぱり歌詠みばかりが浮かんでくる。摂関政治の全盛期の頂点に藤原道長がいました。娘を次々に天皇の后として権勢をふるい、傍若無人の専横を伝える多くの逸話があります。最も有名なのが、道長が詠んだ歌です。

この世をば我が世とぞ思ふ望月の
欠けたることもなしと思へば

この世で自分の思うようにならないものはない。満月に欠けるもののないように、すべてがそろっているという歌です。

小島　人間像が決まってしまった。うっかり作っちゃった歌がね。（笑）

高樹　道長は、それほど傲岸不遜《ごうがんふそん》ではなかったかもしれないけど、この歌を歌ったものだから、傲慢なイメージができてしまった。

小島　諸説ありますけどね。道長は紫式部に、紙を提供したり、陰で文化を支えた人でもあります。

小町の意思の強さがわかる歌

小島　小町の歌で高樹さんがすばらしい読み取りをされたと思ったのは、「思いつつ」の歌です。

思ひつつ寝《ぬ》ればや人の見えつらむ
夢と知りせば覚めざらましを

この、「思ひつつ寝ればや人の見えつらむ」までは、これまでの夢の歌と同じなんですね。思いながら寝たから、あの人に会えた、あちらが思っているから会えた。会えたとか会えなかったとか、そこまでなんです。でも小町が初めてここで、夢だとわかったら、覚めないでいたのに、という自分の意志を強く出していった。これはすごく新しい形です。『古今集』の恋二の巻頭にこの歌があって、恋二の二番目にあるのが、

うたた寝に恋しき人を見てしより
夢てふものは頼みそめてき

という歌です。これは私、前から注目していた歌なんです。なぜかと言うと、昼寝の、ちょっとしたうたた寝に、恋しい人が現れたから、これまでは、「夢なんてと思っていたけれど、夢を頼りにするようになった

わ」と言います。
そこで、「見てしより」と、「頼みそめてき」、この二つの用法が気になってしかたがない。
どちらも「見つ」「頼みそめつ」という完了形「つ」の活用なんですね。で、完了の「つ」と完了の「ぬ」を比べると、「ぬ」は、自分の作為はそんなにないけど、なんとなくそうなりましたという完了。それに対して「つ」はもう少し強い。

髙樹 意志がある。

小島 意志が入ってそうなったという完了なんですよ。普通だったら調べを考えても、どう見たって、「ぬ」を活用させて、

うたた寝に恋しき人を見にしより
夢てふものは頼みそめにき

としたほうが、ずっと調べはいい。なのに、わざわざ、

うたた寝に恋しき人を見てしより
　夢てふものは頼みそめてき

この「そめてき」なんて言い方は、女性の歌の終わり方としては、角張っている。

高樹　そうですね。ゴロとしてもよくない。

小島　紀貫之がやってはいますが、とても珍しい例なんです。小町がここで絶対、完了のぬではなくて、完了のつのほうを使って、「見てし」、「頼みそめてき」、って表現したところにも、小町の圧倒的な強さがある。

高樹　強い女ね。

小島　そうそう。自分の表現を、自分の意志でそうしている。ここの「頼みそめてき」に、「そうするのよ！」みたいな強さが滲《にじ》み出ている。ここに小町の、歌人として、女性としての人間像が出ています。強さがあるのが新しい。

高樹さんが後書きで紀貫之の評を用いて、「あわれなるようにてつよからず」ではなく、「あわれなるようにて、実はつよい」、つまり強かったんだって書いていますよね。あれはまさにそのとおりで、私はそこまで明確にじゃないけど、歌を読みながら、この変な用法は何だろうって、ずっと気になっていました。

気まぐれでこうしたわけではなくて、「夢と知りせば」のほうを見ても、そうしているし、まして言い切って、自分の意志が入るんだよっていう意思表明を、歌の中で一番大事な結句のリズムを壊してまでもしているんです。

高樹 滑らかではないですね。

小島 そうです、わざと。

高樹 現代だから、女性の自主的な意志の強さが認められる。むしろ推奨されて、女性に歓迎されるためには、やっぱり一一〇〇年という時間は必要だったのかもしれないと思いますね。

今の話を聞くと、今の時代にならないと、小町の救済ができなかったかもしれない。平安時代、小町はトップランナーですよ。仁明帝は、ほとんど男女の関係はもてなかった。

小島 そうですね。

髙樹 病気だったし。だから、私は小説では薬の話ばかりしているとしました。それは遍昭への思いやりもあって。

小島 小町の不幸は伝説も含めて、作られたイメージから離れられずに考証されたために、本質的なところに返って、歌と向き合うことがむずかしかったことでしょう。

だから、この時代になって、歌と、これまで感じてきた小町の歌への違和感が、『小説小野小町 百夜』を読んで納得できました。

許す心

髙樹 小町は良実を許します。大きな悲しみをもっている女性は、男のどうしようもない妄執みたいなものも含めて、抱えていく力があったと思いますね。

小島 だからこそ、業平と小町の関係ですよね。

髙樹 そうなんです。業平は子供っぽいところのある男だと思います。

小島 そこが業平のいいところですよ。

髙樹 無邪気で素直。小町のほうがもっと大きい、母性もあるし。

小島 それは多分、出自が違うんですね。業平は天皇の血筋なのに不遇だった。だけど小町はそういう血筋ではなく、たぶん、地方から出てきただろうと。

髙樹 私も地方から出てきたから。

小島 私もそうです。

髙樹 『光抱く友よ』で私は芥川賞をもらって作家デビューしました。その最後の場面は、桜のトンネルの中を、悲しい母と娘が去っていく場面です。何も考えずに作った桜の場面ですが、私は知らないうちに小町の歌の桜の哀しみから影響を受けていたと後で感じました。

私だけではなく、桜を見上げると、綺麗だけではない何かを日本人は感じるんですね。散る桜とか。

小島　桜の樹の下に死体が埋まっているとか。

髙樹　いろいろな思いを馳せます。ルーツを追っていくと小町の桜だったかもしれないと思えて。

小島　花と言えば桜をさすのは平安時代からで、それまでは梅ですからね。

髙樹　桜の花は出発の意味もあるし、散っていく哀しみの花でもあるから終わりでもあるし。

小島　感受性は民族ごとに育ってきた歴史があって、日本の感受性の歴史の源に和歌がありますから。

髙樹　なるほど。

小島　たとえばこの小説の中で、あまりナイーブではない人として藤原敏行が登場しますが、敏行のこの歌、

秋来ぬと目にはさやかに見えねども
　風の音にぞおどろかれぬる

今でも、「風が秋よね」とみんな何気なく言うでしょう。秋は風、春は光、これらも和歌の歴史の中で育まれてきました。

『古今集』は大きな役割を果たしています。それまでは、アンソロジーは『万葉集』でした。『古今集』になって、テキストを作ったんです、感受性のテキストを。だからこそ、ずっと残って、今も伝えられています。

「花の色は」と「わが身世にふる」

小島 小説の前編が、「花の色は」で、後編が「わが身世にふる」のタイトルがついています。

花の色は移りにけりないたづらに
わが身世にふるながめせしまに

この歌からとった。いや、やったもんだなぁと。

髙樹 わが身を世にふって、最後は没していく。ある意味、その花が咲

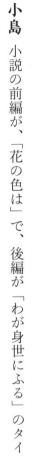

いて散っていくまでの、それが人生を言い表しているとも言えるわけで。それを二つに割りました。（笑）

小島　この小町の歌は『古今集』では春に入っています。それは編者の意図ですが、この歌を作ったときに、小町が人生的なものを意識していたかどうかは怪しいですね。

高樹　はい、諸説あります。見て、それを即興で言葉に移し替えたとか。

小島　「ながめ」を使っている以上、春の「長雨」でしかありません。そこに、春に花の色が移っていって、ぼんやりと眺めていたら、「眺め」と掛詞にする。「眺め」は多く男女のもの思いのこと。掛詞が得意だった時代の歌です。長雨と男女のもの思いを掛けた。もしかしたら出発は、そこにあったかもしれないと思うのですが。

でもさっき言ったように、歌が作者の思いや手を離れて育っていく、そのいい例です。

高樹　小説を書いていると、文体が思いもかけないものを引っ張り出してくれることがあります。「えっ、これ私の思い？　私から出た文章だからそうなのよね」と（笑）。自分の文章から学ぶ、文体から学ぶことがあるんですよ。

そうすると、五と七のリズム感が備わっていたら、五七五七七と歌を歌うように知っている言葉を序にして、出していくと、「こんなものが出てきちゃった。私ってこう考えているの」ということがあります。

しかも古歌から取り込んでいくと、自分で作っておきながら、驚く歌人がいたんじゃないかなと。

小島　今でもそうですよ。

髙樹　今でも？　歌人は歌を作りながら成長するというか、面白がっているというか。

小島　そこが醍醐味です。

髙樹　最初から意図も構成も考えて作るのではなく、調子に乗って作ると思いもよらない歌ができる。そういうことってあるんでしょう？

小島　いろんなタイプの歌人がいますが、私はほとんどそれですね。私が中毒になって、歌をやめられないのは、未知の自分と出会うからです。

たとえば、猫の歌を作り始めて、ああでもないこうでもないと試行錯誤しながら、その世界に集中していくと、どんどんイメージが膨らんできます。そして、ごく稀に、言葉が向こうからやってくるんです。で、結果的に雲の歌になったりする。

髙樹　猫の歌のはずが、雲の歌に。

小島　歌を詠んだときに、ああ、私はこういうことを感じていたんだとわかってきます。長く生きれば生きるほど、自分が一番わからないもので（笑）。あのとき、あんなことをなんで言ったのだろうとか。歌を作っていると自分こそが謎だというところに思い至ります。歌を作ることで、未知の自分と出会えます。それが麻薬のようになって（笑）、もう四十年以上過ぎました。評価されるのももちろん嬉しいですが、歌作りをやめられないのは自分と出会ったときの喜びですね。

髙樹　小町にもそれがあったと思いますね。だから小町の歌を宮中の人たちが恋の歌として使って流行った（笑）。小町もそう言われると、恋の歌に聞こえてくる。そういう面白さ、楽しみ方をしていたのでしょう。

小島　自分が謎である以上、正解なんてないんですよ。私の歌が入試の問題に使われて、「作者のこのときの思いは、アからオのどれですか」とあったんですね。で、うちの子供が、「お母さん、どれ？」って聞くので、どれもそうだけど、どれもちょっと違うような気もしていて、「ウかな？」って言うと、「答えはオ」（笑）。そういうものだから、歌は。

髙樹　それは小説も同じですよ。「これはどういう思いで、会話をしたのでしょうか」と。あらゆるものを込めたほうが私としては嬉しいんだけれど、答えを一つ選ばなきゃいけない。

「もののあわれ」が鍵

小島　もう一つ、どうしても小町の歌で問題にしなきゃいけないのは次の歌です。これも使いどころが上手で。

あはれてふ言《こと》こそうたて世の中を
おもひはなれぬほだしなりけれ

良実のところで使っていますよね。

髙樹 哀れむ心というか、哀しみの心。自分の心を洗い流すというか、なんか歌にはそういう効力もあるのかもしれないと思って。どういう風に読まれた？

小島 「あはれ」は歴史があって、元々は感動詞だった。「あー」とか、「おー」とか。「あー、立派」とか、「あー、悲しい」「あー、恋しい」とか。遡《さかのぼ》っていくと記紀歌謡から、「あはれ」と使われていました。「思ひ妻あはれ」とか。「旅人《たびと》あはれ」とか。家なら妻の手枕なのに、旅先では草枕だから。

どちらにしても、特定の感情として言葉にする以前の、肉体の言葉みたいな感じで使われています。『万葉集』は四期に分かれますが、三期までは、ほとんど感動詞で使われています。で、ここに私の大好きな天才の大伴家持《やかもち》という人が現れます。家持が初めて、この「あはれ」を名詞化しました。

「あはれの鳥」という例があります。「あはれ」という感動詞だと、褒めたり、悲しんだり、慈《いつく》しんだり、いろいろな感情をすべて含んでいた。元々は「あ、はれ」、その変化型が「あっぱれ」だと思われます。「あ、はれ」はずっとあったけど、それを感動詞から名詞化したのです。

高樹 固有の感情が一つ存在したわけですね。

小島 そうです。よくわからない独特の感情の塊にしたのが家持です。家持は近代的で、言葉や心に覚めていた人です。

高樹 万葉の最後の人で。

小島 家持によって名詞化され、文学の中で「あはれ」という言葉をより深めて定着させたのが西行と藤原俊成です。西行の三夕《さんせき》の歌（『新古今集』の、「秋の夕暮れ」を結びとした三首の名歌）として有名な一首。

心なき身にもあはれは知られけり
鴫《しぎ》立つ沢の秋の夕暮れ

髙樹　百人一首に入っています。

小島　出家していますから、もう人間的な感情を捨てたはずだけれども、そんな私にも、もののあはれというものは、身にしみて感じられるよ、という歌です。

それを、もっと観念的に大らかに詠んだのが俊成です。西行の歌は『新古今集』ですが、俊成は私家集の、『長秋詠藻《ちょうしゅうえいそう》』の中にあります。

恋せずば人は心もなからまし
もののあはれもこれよりぞ知る

つまり、恋をしなきゃ、心ないよね。だから、「もののあはれ」を知るには恋をしなくては、と言っています。

これを歌ったとき、俊成は五十歳を過ぎていました。今だと後期高齢者ぐらいに当たります。びっくり仰天でしょ。九十一歳まで生きて、十数人子供がいます。

高樹 藤原定家のお父さんでしょう?

小島 そうです。定家は四十九歳のときの子です。もののあはれというのは、どういうものだと思いますか。説明できますか。日本人ならなんとなくわかりますが、言葉で説明しようと思うとむずかしい。『枕草子』では、あはれなるものの中に、キリギリスの声も入っているし。

高樹 感受性の問題になってくるんですね。

小島 「もののあはれ」というのをきちんと物語論とか、歌論の中で記したのは、江戸時代の日本古典研究家、本居宣長《もとおりのりなが》です。歌論書の『石上《いそのかみの》私淑言《ささめごと》』の中で、「もののあはれ」とは、「情《こころ》の深く感ずること」を言い、「もののあはれ」を知って、「もののあはれ」に耐えがたいとき、思い余ることが自然と言葉に出たのが歌である、と。(笑)

わかるような、わからないような感じ。また『源氏物語玉の小櫛《おぐし》』では、『源氏物語』の本質は、「もののあはれを知ること」であり、この俊成の歌こそその心をよく表現したものだと記しています。で、やっぱり男女の恋なんですよね、「もののあはれ」の始まりは。思いあまることがあって、耐えがたいとき、叶わぬ思い、でも到底そんな感情を説明できない。いわく言い難い感情の塊が、「もののあはれ」なんですね。

俊成が、それを知るには恋をしなくちゃねと。

髙樹　なぜなら恋というのは、叶ったようにみえて叶わないから。充足したと言えないのが恋だから。

小島　苦しい恋を、それこそ禁忌の恋を。だから小町で驚くべきは、「贈」に入っている歌ですけれども、小町が初めて、「あはれ」という言葉だけではなくて、「あはれてふこと」あはれということって何なんだろう、と覚めたんですよね。

この言葉に覚めたからこそ、「うたて」憂いのかぎりなく、虚しいような、よくわからないような、だから出家したくても、この世を離れられない、というようなことを言っています。

小町は平安前期の人だから、「ほだし」という仏教的な言葉が入ってきます。この世の枷《かせ》というニュアンスで。まだ「あはれ」という言葉が、仏教の願文であったり、そういうものの影響も少しあります。だけどその中で、小町は「あはれてふこと」と明らかに、一人覚めています。

髙樹 こういうところは確信的ですね。

小島 歌を詠むとき、ちょっと待って、あはれって何？　みたいなことに思い至る知性はすごい。

髙樹 みんなが言っているから、「あはれ」を使うのではなくて、小町の本心に照らして、率直に言葉を選ぶ。「あはれ」ってどうなんだろうと考えた上でしか言葉にできない。そういう文学者だと思います。とにかく正直ですね。

小島 そうですね。小町は歌ことばとして「あはれ」を使うときに、初めて仏教や儒教を脱いだ。自分の「あはれ」を見つけたかったと思うんです。だから、「あはれ」ってなんだろうと考えた。

髙樹 自分の感性を言葉にしたかった。本当に分かっているのか、問い直して出す。まさに文学者の姿勢ですね。

女は「あはれ」がよくわかる

小島 「あはれ」は、『万葉集』から『古今集』までの一〇〇年ぐらい、死語に近いような感じでした。『古今集』に二十例ぐらい「あはれ」がありますが、小町は多く使っていますが、「もののあはれ」を一番知っていそうな業平に、「あはれ」はないんですよ。

髙樹 そうですか。

小島 業平は、まだ覚めてないんですね。それは多分、業平は恋が叶ってきたからでしょう。

髙樹 男が女のもとに通って行きますからね。やっぱり女であるからこそ、「あはれ」という感情が生きてくる。

小島 そうなんです。なるほどと思ったのは、学者さんの研究によれば、『源氏物語』には「あはれ」が七〇〇回以上出てくるとありました。

髙樹 それは知らなかった。

小島 歌とか古典が大好きでも、数えられない人は創作者になる。数えられる人は学者になれる。

髙樹 そう、数えられません。（笑）

小島 いかに髙樹さんの直感がすぐれているかわかります。

髙樹 「あはれ」が女のものとは……。

小島 紫式部が『源氏物語』の作者だからこそ。

髙樹 日本の最も貴重な素晴らしい感覚、感受性は、「あはれ」だと。

小島 そうです。『源氏物語』があったからこそ西行や俊成の「あはれ」があったんですよ。

髙樹 すごいことよ。女によって「あはれ」というのは感得されて、男たちが女の言葉を通じて学んで、何百年か後にようやく気づいた。

小島 表現者として気づいたのが、西行とか俊成、定家たちです。それを学者として気づいて書いたのが本居宣長です。

現代で、「もののあはれ」というと、古歌から続いている当たり前の情感だと思うけれど、そんなことないんです。古代歌謡、神話時代の記紀からあった言葉が、家持を経て、小町を経て、『源氏物語』を経て、西行や俊成に受け継がれて、そして江戸の学者に。

髙樹 日本の感覚、感情の最も優れたエッセンスを凝縮したら、「あはれ」という言葉になってずっと営まれてきた。これはすごく大きいことですね。

小島 早い時期に一人、ハッと覚めた小町という人がいたからこそ、『源氏物語』も小町の「あはれてふこと」がなければ、あそこまで。

髙樹 情感はなかった。

小島 はい。表現する言葉がありませんから。この「あはれてふこと」は文学上、大きな意味のある歌です。ピークピークに覚めた天才が出てきて受け継がれる。もちろん家持という人がいなければ、「あはれ」という言葉は、その感情の塊としては認識されなかった。単なる感動の言葉でしたからね。そういう功績者がいるんですよ。

髙樹 最初は、「あー」と、言葉にならないものを感じていたのが、それがやがて「あはれ」になって、「あはれ」とは何かと思う人がいて、それが文学に定着して、歌物語を作る人がいて。たくさんの優れた人によって受け継がれてきた感情ですね。

小島 磨かれてきました。学者さんは大変ですよ。その語釈の細かいことを時代考証しなければいけないから。でも直感がすごく大事なことがあります。

高樹 私、直感だけで生きていますね。いろいろ考えると、書けなくなったかもしれない。

和歌と恋愛感情

小島 高樹さんは恋愛小説を書いて、その感情と向き合ってきたから、古典和歌の恋愛感情に深く入っていけると思います。

高樹 私は今まで恋愛小説を多く書いてきましたが、それを駆使しようという気はありません。良実と大町との関係も、兄・篁を差し置いているので禁忌の恋です。帝をめぐっての恋も禁忌。そういうものが物語を運ぶエネルギーになっていきました。

小島 恋愛小説を長く書いてきたからだと思います。

髙樹 ベースにあるのかもしれないけど。自分では意識していませんね。

小島 恋愛が中心になっている「もののあはれ」の感情と言っても、たとえばこの歌を遍昭との恋の場面で使っても、こんなには活きなかったと私は思うんですよね。良実のあそこで使ったからこそ、「もののあはれ」になった。

要するに、良実はこの小説の中では、非常に苦しい思いをして、一生不遇な感じで満たされない。つまり果たされない思いをずっともちながら生きた人です。そこには人間が生きることの哀れが凝縮されている。それによって小町は被害を受けたけれど、許すという感情の中にも、「あはれ」はあります。小町自体も苦しい恋をしているから「あはれ」がある。だから、「あはれてふ」の歌をそこで使ったことに大きな意味があると思います。

髙樹　人間の、生きることの「あはれ」。

小島　そうです。いわく言い難い「もののあはれ」という大きなものになった。良実のところで用いたのは、歌の使いどころとして見事です。

髙樹　計算しているんじゃなくてね。小説の構成を考えて、書いていると、私が小町みたいな気がして書いたんです。（笑）

タイトルを「百夜《ももよ》」とした理由

小島　まず手に取ったときに「百夜」というタイトルに、「おおー」と思ったんですね。「百夜」と聞いて、偶像に支配されている人だったら、「卒塔婆小町」とか、「通小町」の百夜を連想するでしょう。だけど「通い」をつけずに、「百夜」という言葉だけを独立させて、タイトルにしたところに、大きなテーマであり、結語である象徴的なものを感じたんです。なぜ、このタイトルにしたのですか。

髙樹　もちろん百夜通いの伝説は踏まえていますが、時間というものの大きさを示したかった。小町の一生も「百夜」に表されているし、そこからの長い一一〇〇年の歴史もある。「百」というのはたくさんという意味を含むし、大きい意味をもつタイトルにしたかったんです。

もう一つ、「ももよ」は、耳から入る音はとても大事だと思いましたね。百夜は伝説の印象が強いので、誤解されるかもしれないと思いながらも、美しい響きはほしかった。それは、女性の柔らかさに通じると思ったし。これも直感です。

小島　もともと百夜には、限りない夜という意味があります。古代において百という数字は無限数だったんです。私がいつも思い出すのは、初期万葉の柿本人麻呂の歌です。

み熊野の浦の浜木綿百重《ももへ》なす
心は思《も》へど直《ただ》に逢はぬかも

この場合の「浜木綿」は花ではなくて、葉を言い、熊野の浜辺の浜木綿の葉が幾重にも重なり合う。そのようにも心では思っているのに、直接は会うことができないよ、という意味の歌です。叶わない思いの歌です。このように百という数字を無限に、限りなくあなたを思っているという意味に使っています。

それから枕詞に「百伝《ももづた》ふ」があります。これは「百伝ふ八十《やそ》」とか言い、八十は限りなく百に伝わっていくから大きいことを意味します。「もののふの八十宇治川」とか、「もののふの八十娘子《おとめ》らが」と言うときは、八十はたくさんという意味。まだ百には届かない、「百足《もも》らず八十」という枕詞もあって、たくさんだけど百にはまだ足りないことです。

髙樹　なるほど。

小島　もう一つ、「百敷《ももしき》の」は、石垣が幾重にも幾重にも重なった、とても立派なお城のことです。とんでもない屋敷に住んでいる人のことですから、宮中の人ですよね。だから「百敷の大宮人」となる。

百という言葉は、最上の褒め言葉の無限数として使われたのです。タイトルの「百夜」の意味が大きくなります。限りない夜には、たくさんの人の恋があります。

高樹　これも直感。（笑）

小島　小町の一生があって、その百夜の思いが歌となり、時代を超える思いになったところに自《おの》ずといきます。

高樹　大きい題だなとは思ったんですよ。

小島　「通小町」から「通い」を取った。つまり小町の偶像を外して、自由にしたい意志が、タイトルにも明確にあらわれています。それによって「百夜」という言葉の本質に返ったんじゃないでしょうか。

文体は『小説伊勢物語 業平』と同じく、独特の雅文というか、面白いミックス文体ですね。文語だけだと古臭くなるけれど、口語とミックスした文体だから、現代人が読みやすい。だけど風雅な文体になっていて、独創的な文体ですよね。

高樹　私が作った文体ですから。

小島　現代に合っていると思います。私も、ミックス文体で歌を作っています。文語中心だけど、折々、口語を挟みます。それが今のスタイルですね。心に入りやすいんです。

髙樹　文体も直感です。

歌から時代もわかる

小島　雨乞いのところ、小町の歌をうまく入れていますね。

髙樹　異質な歌です。

ことわりや日《ひ》の本《もと》ならば照りもせめ
　さりとてはまたあめが下とは

私が小町像から想像しました。「何してるのよ」みたいなニュアンスを入れて、神様に怒っている感情にしました。

小島　自然というもの自体、非常に畏れる対象です。あの雨乞いの歌は、小町の歌の中では大した歌ではないんです。怒っているから面白いのですが。雨乞いのところに、この歌があることによって、どういう時代だったかが、よくわかります。

二〇〇年近く経った白河院の時代には逆に、雨禁獄《あめきんごく》がありました。白河院が、自分が創健した寺に行幸したいと予定したら、三回、雨で中止になりました。で、今度こそと思ったら、四回目も雨になった。それで怒って「この雨、ばかやろう」と、雨を器に入れて牢屋に入れたというのが雨禁獄《あめきんごく》。

高樹　そうやって何とかして、支配したいけどできない。干ばつも大洪水などの天変地異も起きています。

小島　天《あめ》なるものは大神であり、狼である。神秘で狂暴なる狼であり、それがつまり大神。恐るべしです。

小町と遍昭

小島　実事の出し惜しみ加減がいいんですよ。前作の業平では、ねっとりといろいろな実事を書いているのに、小町の小説では遍昭との一夜は、数行だけ。あとは想像してくださいって。

高樹　一夜に燃えた実事。小町の母親と父親の篁もそうなんですね。あのころ、一夜孕《ばら》みという言葉があったらしいですし。

小島　あります。光源氏と藤壺もたぶんそれに近いです。

高樹　それゆえに、ものすごく熾火《おきび》が残って、身を焦がすこともある。

小島　高樹さんなら書こうと思えばいくらでも想像で書けるのに書いていない。女性である小町に対する敬意もあるのでしょうね。これは『源氏物語』の書き方と同じです。最も大事な人との場面はベールに閉ざされています。

小町と遍昭の実事の淡泊さ、これにも参りました。（笑）

高樹　その一夜の別れ際が、すごく恨めしいという形で……。

小島　数行だけがねっとりしています。（笑）

高樹　小町の記憶に生涯残る、体に刻まれる一夜ということを書きたかったから。

小島　遍昭との一夜の前後あたりが、和歌の手法というか、自然描写と心理描写を照らし合わせながら小説が進みますね。紅葉や湿った土の使い方が和歌のスタイルと同じ。あそこは読ませますよね。

髙樹　歌というものは、専門家が解釈するだけでは伝わらないと思ったんです。

小島　古典和歌は難しいです。歌人でもなかなか読み切れません。

髙樹　語彙《ごい》の解釈にとられてしまっては違う気がします。

小島　そこに生身の人間を想像して、直感で読まないとなかなか届かないところがあります。でも直感は間違うこともあります。それは現代人だから。時代がまったく違う、そこが難しいところです。

また業平が上手に使われています。

髙樹　時々、かっこよく登場します。

小島　菊を見に行ったときの業平の去り方がかっこいい。（笑）

髙樹　うそぶいて去る。（笑）

小島　薫物《たきもの》の集いのときに業平だけがわかる関係がありますよね。

髙樹　恋をした人間しかわからないものが。

小島　それが業平らしい。やっぱり小町は綺麗な人だから……業平は恋の歌を贈らずにはいられない。

高樹　他にも女はいるのですが。

小島　業平にとっては高子《たかいこ》とが生涯の恋。光源氏にとって、藤壺が最高の女だったのと同じことですね。

高樹　そこにとらわれて、それが一生、支配するのよね。あれほどの人でもそうです。小町と遍昭も。やっぱり叶わぬところに、哀れがあります。

小島ゆかり（こじま・ゆかり）

一九五六年、愛知県生まれ。早稲田大学文学部卒業。在学中にコスモス短歌会入会、現在は編集人・選者。産経歌壇選者、短歌甲子園特別審査員など。

歌集に『希望』（若山牧水賞）『憂春』（迢空賞）『泥と青葉』（齋藤茂吉短歌文学賞）『馬上』（芸術選奨文部科学大臣賞）『六六魚』（詩歌文学館賞・前川佐美雄賞）『雪麻呂』（大岡信賞）など。

歌書に『和歌で楽しむ源氏物語』『短歌入門〜今日よりは明日』『ちびまる子ちゃんの短歌教室』（さくらももことの共著）ほか。二〇一七年紫綬褒章。

おしまいに

小野小町をめぐる千百年の旅、いかがでしたか？

堅牢な建物も火事や風水害には敵《かな》わず、どれほどの権力も、やがて別の権力にとって代わられる。

けれど、人の心から生み出された言の葉は、それを受け止める人が在るかぎり、生き続けます。

歴史上の名所旧跡も、そこに人の心が宿っているからこそ、魅力ある場所となるのだと思います。

小野小町の人生を訪ねてくださった皆様、小町さんに代わり、感謝申し上げます。

また本書の編集は、小西恵美子さんのお力をかりることで刊行までこぎつけることができました。ありがとうございました。

高樹のぶ子

写真提供
P20、34、43、73、86-87、115、121、145、164、177　アフロ
P21　多賀城市観光協会
P23　連雅屋
P27、28　六道珍皇寺
P32-33　©HIROSHI_MURAKAMI_/amanaimages
P48　©Tomoko_Mikoda/amanaimages
P54　©Doable/a.collectionRF/amanaimages
P62　©IDC/amanaimages
P64　欣浄寺
P80、83、91　随心院
P97　ユニフォトプレス
P140　太宰府
P147　©Jiro Tateno/SEBUN PHOTO/amanaimages

髙樹のぶ子（たかぎ・のぶこ）
1946年山口県生まれ。
84年「光抱く友よ」で芥川賞、94年『蔦燃』で島清恋愛文学賞、
95年『水脈』で女流文学賞、99年『透光の樹』で谷崎潤一郎賞、
2006年『HOKKAI』で芸術選奨、10年「トモスイ」で川端康成文学賞。
『小説伊勢物語　業平』で20年泉鏡花文学賞、21年毎日芸術賞。著作は多数。
17年日本芸術院会員、18年文化功労者。

小町はどんな女《ひと》
『小説小野小町 百夜』の世界

２０２３年７月19日　1版1刷

著者　髙樹のぶ子

発行者　國分正哉
発行　株式会社日経ＢＰ　日本経済新聞出版
発売　株式会社日経ＢＰマーケティング
〒１０５-８３０８　東京都港区虎ノ門４-３-12

装画　大野俊明
カバーデザイン　竹内雄二
本文デザイン　野田明果
編集協力　小西恵美子
ＤＴＰ　マーリンクレイン
印刷・製本　錦明印刷

ISBN 978-4-296-11827-4　Printed in Japan

本書籍に関するお問い合わせ、ご連絡は左記にて承ります。
https://nkbp.jp/booksQA